Francesco Luca Borghesi

Le confessioni di
Joseph Marie Garibaldì

MNAMON

Caro Lorenzini

Illustrissimo Professor Carlo Lorenzini,
Scrivo, con rispetto e gratitudine, a voi che decideste di farmi cosa grata riportando le mie memorie al popolo di una penisola che mai amai come avrei potuto, che mai difesi come avrebbe meritato.
Una penisola che non fu mai e mai sarà la mia patria.
Una penisola meravigliosa che io non solo non unificai, se non unicamente nel nome, ma che addirittura divisi, e, per mia colpa, divisa sarà per sempre.
Con il massimo rispetto e devozione sono a chiedere il vostro aiuto nel trascrivere queste mie confessioni e pentimenti; giammai in dubbio misi la vostra rispettabilità neppur quando seppi che per vezzo sceglieste di farvi apostrofare Carlo Collodi.
Che nome è mai codesto? Il nome di un piccolo borgo forse? Dal piccolo delle mie meschine vicissitudini non sono adatto a giudicare le scelte di un rispettato insegnante come voi: questa mia modesta lettera, con grafia incerta data dalle mie precarie condizioni di salute, sia solo per narrare le mie vicende personali.
Uno come me, che usò nomi di altri in innumerevoli occasioni, alle volte per convenienza altre per codardia, mai dovrebbe pensare nulla in merito al cambio d'identità.
Devo dirvi anche che un sobbalzo feci quando seppi che scriveste un racconto su un burattino di legno su un piccolo, ma famoso, giornalino per fanciulli.
Si trattò di un sobbalzo, per così dire, piacevole ed anche, perdonate l'ardire, di gelosia.

Sì, avrei potuto essere al vostro posto e oggi non avrei nulla sulla coscienza.

Voi con il vostro burattino… immagino quanta pace d'animo sia dentro di voi nel poter inventare una storia per fanciulli.

Si dice addirittura che presto uscirà un libro, tanto fu il successo del primo racconto; ne ho sentito parlare da molte parti, il vostro burattino è già popolare e, quando sarà redatto il libro, diventerà una celebrità al pari di uomini famosi e illustri.

Sapete fra quanto accadrà? Ne esiste già un progetto concreto?

Comunque sia, né voi né io siamo delle giovini lavandaie in cerca di marito e per questo vengo presto al dunque, prima che cotante basette vi coprano il viso intero per la noia.

Codesto giorno, trentuno maggio anno ottantadue del secolo milleottocento, sono a ricordare la mia vita trascorsa, in attesa che venga definitivamente compiuto il mio destino e, viste le mie condizioni di salute così precarie, temo che il momento sia davvero vicino.

Forse non temo neppure: diciamo che attendo che presto sia fatta giustizia e chi mai può sapere se dopo la morte vi sarà giustizia?!

Certo io non sono in grado di redigere il diario di una vita così movimentata e controversa come la mia, ma certamente voi, maestro luminoso e luminare dell'arte delle lettere, potrete meglio di me dargli dignità e far sapere la verità a coloro che erroneamente mi credono un eroe e un patriota.

Qualcuno mi disse che voi foste un illustre professore, altri solo un innovativo giornalista: a me poco importa senonché siate cultore dell'arte delle lettere.

Sì, ho bisogno di voi, non mi vergogno certo a dichiararvelo apertamente; la verità ha bisogno di voi e son certo per questo che mi aiuterete.

Non riesco più a parlare e respiro a fatica, tuttavia sono lucido come sempre.

Ho la consapevolezza di non essere eterno e vorrei divulgare, prima d'essere chiamato da dove venni, il sacro fuoco della verità.

Vorrei avere la possibilità di ristabilire la autenticità dei fatti, se mi è permesso, dopo tutto il male che feci e che permisi ad altri di perpetrare.

Voi infatti penserete che io sia felicemente italiano: se così fosse le sorprese non vi mancheranno.

Se vi aspettavate un patriota, troverete un avventuriero.

Se vi aspettavate un probo, troverete un dissoluto.

Se vi aspettavate un irreprensibile, troverete un tendenzioso.

C'incontrammo tempo fa a quel ricevimento in toscana e tanto si parlò di patriottismo e della mia impresa dei mille; se ne parlò, è vero, ma in modo sbagliato.

Sono passati anche anni e certamente non ricorderò con precisione tutti i particolari della mia vita, ma il senso, il succo del discorso, certamente sì.

La spedizione dei mille fu realmente la più vile porcata che il suolo della penisola possa aver mai vissuto e, a questo punto, spero che mai sia costretta a rivedere.

Vi accennai qualcosa già in quell'occasione, ma certo non avrete pensato a quello che nelle prossime righe troverete certificato in modo indissolubile.

Trovo giusto, dopo quanto davvero accadde, che sia ristabilita la verità e per questo desidero ardentemente narrarvi la mia storia in modo che i posteri sappiano il vero e che sia ristabilita la giustizia, rifondendo i danni laddove possibile.

Correggete pure i miei errori grammaticali, di sintassi o di ortografia, ma vi prego di lasciare la storia come io la narrerò: si tratta della pura verità.

La mia vita era rivolta alla ricerca di fama e ricchezza; mi venne in mente d'unificare l'Italia in quanto sarei potuto diventare potente e ricco.

Cercai appoggi, soldi e falsi ideali su cui far leva e trovai qualcuno che, dopo avermi usato, mi mise da parte.

Diciamo subito e senza giri di parole: il patriottismo in Italia non è mai esistito.

Come io ingannai i vari popoli presenti sulla penisola italica così i piemontesi e gli inglesi, miei alleati di allora in quel progetto ambizioso, mi tradirono e rimasi con un pugno di mosche in mano e tanti morti sulla coscienza.

Alcuni credettero negli ideali ma, non essendo uomini d'azione, delegarono l'attuazione a persone senza scrupoli, che li manovrarono a loro piacimento, e così il patriottismo non si realizzò mai.

Siete già deluso? Pensate che questo primo concetto potrebbe essere solo una foglia e che ancora devo e voglio descrivere l'albero.

Mi ricordano tutti come il patriota Giuseppe Garibaldi ma queste sono voci, magari leggende, ma certamente menzogne.

Mi chiamo Joseph Marie Garibaldì e, contrariamente a quanto pensano molti, sono e mi sento francese.

Mi sento francese perché Nizza è stata dichiarata francese o perché come italiano ho avuto molte delusioni e ancor più fallimenti o, e questo è ancora più triste, perché ho fatto davvero il male degli italiani, tanto che nessuno né ora né mai potrà dichiararmi italiano. Sarebbe un inutile nuovo atto di disprezzo verso chi morì a causa mia.

Non avrei dovuto partecipare alla spedizione ricordata come "l'impresa dei mille", perché fu fucina di briganti, omicidi e delitti di ogni genere e perché in seguito, per molti anni, l'Italia del nord depredò l'Italia del sud con atti di una ferocia tale che mai potrà essere cancellata ed ancora accade mentre sto scrivendo.

Anch'io mi macchiai di molteplici crimini; avrei voluto diventare davvero ricco e questo mi sembrò giustificasse tutto; il progetto fu di una grandiosità mai partorita, più illuminato di quanto io non fossi.

Era ricco di fantasia, che partorii in anni e anni senza considerarne le conseguenze dal punto di vista umano e di giustizia.

Per questo non sarò ricordato come una brava persona, qualcuno da prendere come esempio e allora vorrei essere ricordato come francese... non buono, non cattivo... pavido o impavido... ma francese; se così non fosse andrebbe bene anche non essere ricordato neppure, ma confesso da subito che oggi mi ripugna esser citato come italiano in quanto non merito d'esserlo, davvero.

A dirla tutta non sono e mai fui Giuseppe Garibaldi.

Sono stato Jozef, Joseba, Josepe... ed anche Peppi, Peppe, Pippinu, Pippineddu... per i più Giuseppe... ed ancora Žeppi, Žeppu, Peppu... e poi Bepo, Bepin, Bepùt, Zosepe... ed addirittura Yue Se... e con altri nomi scelti in momenti di latitanza. In verità sono solo e per sempre Joseph Marie Garibaldì.

Ho cambiato così tanti nomi che alcuni non li ricordo neppure, ma vi garantisco, gli atti parlano chiaro, io fui e sono Joseph Marie Garibaldì.

Nizza

Nacqui a Nizza, terra di confine, il quattro luglio di quasi settantacinque anni or sono.

Voi, nobile Professore, visitaste mai la mia amata Nizza?

Se così non fosse, permettetemi di procedere oltre in modo che i miei ricordi siano prelibatezze anche per voi.

Nizza gode di un clima mite e di una posizione davvero invidiabile.

Mio padre giunse alla nostra amata cittadina nell'anno settanta del secolo scorso, quando aveva quattro anni e, seppur nacque a Chiavari, non ne conservò il ricordo nella memoria, tanto che spesso dichiarava di essere di Nizza.

Cittadino francese... allora come oggi. Nizza non fu sempre francese ma, come me, lo sarà per sempre.

Storicamente parlando, voi che siete così dotto saprete che fu francese molto prima che la mia famiglia vi giungesse e in seguito lo ridiventò come e meglio di prima.

Ho creduto di essere, durante la mia vita, oltre che francese, anche riograndese, uruguaiano, italiano, inglese e anche piemontese... ma in realtà li ho solo mal rappresentati in quelle che ormai reputo inutili imprese.

Addirittura sarei potuto essere il generale degli stati nordisti americani. Joseph Marie Garibaldì americano, potete immaginare una cosa del genere?!

Dette queste poche ma importanti cose, potrei mai essere citato, ricordato o portato d'esempio come patriota italiano?

No, certamente no, avrete senz'altro già appreso il concetto principale.

E voi Professore? Sentite dentro di voi scorrere sangue italiano?

Vi chiedo in modo ancor più provocatorio, e la domanda formulata da uno come me ancor rimbomberà nella vostra testa, ma secondo voi l'Italia davvero esiste?! Davvero vi è stata un'unificazione?!

Al tempo arriveremo alla risposta insieme, anche se la mia chiaramente retorica ne cela una facilmente comprensibile.

Permettetemi di parlare anche per voi, magari insolentemente: se avete scelto un altro nome per scrivere, Collodi invece di Lorenzini, non sarete stato gaudente per quanto il destino vi riservò.

Scusatemi, mi è venuto questo pensiero ma qui, su questi fogli sgualciti, non ho intenzione di parlare di voi: ho desiderio con fermezza di far luce su quanto accadde, in particolar modo sulla famosa "spedizione dei mille" e sulle tremende conseguenze che portò.

Adesso penso che sarebbe stato meglio fare il pescatore, come mio padre, e rimanere a vivere a Nizza. Sarei potuto essere, con studi appropriati, scrittore come voi.

Invece eccomi qua: avventuriero, condottiero ma anche, purtroppo, bandito e fuorilegge.

Ah se fossi rimasto a Nizza... che bei ricordi!

La mia cittadina era bagnata da due piccoli fiumiciattoli, diciamo due ruscelletti.

D'estate erano più piccoli e facevamo il bagno in mare, ma d'inverno ci piaceva giocare nei loro pressi specie del Paillon.

Il clima della mia Nizza era così piacevole che anche d'inverno si poteva stare poco coperti.

Più tardi forse, se ci saranno tempo e modo, nel mio racconto ne vedrò un'assonanza con il clima di Napoli.

Napoli, come Nizza, sarebbe stato il posto più bello dove vivere, ma per colpa mia a Napoli accadde qualcosa di tremendo che solo buona volontà e tanto tempo potranno forse, un giorno, rimediare.

Il clima, a mio parere, è fondamentale per la formazione del carattere delle persone che vivono in un determinato posto e per lo sviluppo dello stesso.

Nissa, la mia Nissa.

No, non si tratta di un errore, all'epoca la chiamavamo così, Nissa e non Nizza e noi eravamo nissart.

C'era una piazza in particolare che io amavo e che oggi non so se ancora sia rimasta tale e inoltre, se sia stata conservata: mi hanno detto che ci sono stati dei cambiamenti ed io da un po' di tempo non ci torno.

Era una piazza meravigliosa, almeno per me.

Aveva un pavimento di pietre rotonde disposte in modo da formare un disegno, sembrava una pianta fiorita, una pianta di fiori bellissimi; erano pietre di fiume raccolte chissà dove e chissà da chi.

Mi pare di essere ancora là nella piazza a pregare la mia mamma Rosa di permettermi, di concedermi la grazia di raggiungere mio padre, intento a preparare la tartana pescareccia prima di prendere il mare.

Altro che strampalate e inutili imprese militari, avrei potuto studiare e diventare scrittore davvero: tutte le genti che allora passavano per Nissa mi avrebbero dato spunti per scrivere avventure, che per me sarebbero rimaste sulla carta, ma non avrei tante vittime sulla coscienza.

Oggi potrei aver scritto io quell'articolo sul quel buffo burattino, se voi mi permettete l'ardire di paragonarmi a voi come scrittore, che ovviamente non sono. Potrei essere io in attesa di pubblicare un libro, che certo diventerà famoso, e avrei il piacere di aver divertito qualcuno.

Invece non è così, non fu la vostra stessa strada che s'illuminò davanti a me, io scelsi la peggiore, quella buia.

Da bambino avrei voluto essere già uomo, forte come mio padre, per partecipare alla pesca a strascico.

Dieci uomini, alle volte di più, lavoravano in mare con mio padre sulla barca di oltre sedici metri di proprietà della nostra famiglia.

Era un lavoro duro, ma svolto con costanza, tenacia e soprattutto con orgoglio da questi uomini e da mio padre.

Il lavoro era per loro sinonimo di vita.

Gli uomini non tornavano per lunghi giorni e lunghe notti, ma sempre quando pensavo che non avrei più rivisto mio padre, la tartana sbucava all'orizzonte colma di pesci d'ogni dimensione, il mio cuore si riempiva di gioia e correvo fino alla riva del mare.

Scusate professore se di tanto in tanto torno sul frutto della vostra fantasia, ma non è forse vero che alla cerimonia dove c'incontrammo, si diceva che sul libro che farete sul burattino si parla anche di un pesce immenso?

Io più volte vidi pesci immensi, grandi quanto la barca, e voi: lo vedeste mai un pesce come quello del vostro racconto, o fu solo frutto di fantasia?

Mi farebbe piacere leggerlo, forse potrei distrarmi anche dal mio pensiero fisso di quella maledetta "spedizione dei mille".

Mia madre non avrebbe voluto quella vita per me: mi sognava studioso, uomo di lettere, di cultura, proprio come voi. Oggi penso che avesse ragione, ma ormai è tardi. Così diceva anche mio padre, ma lui non lo pensava davvero.

Quando tornava dal mare si sentiva un eroe e capiva che io lo ammiravo, sognando e ambendo di occupare il suo posto o anche solo di lavorare con lui.

Fu sempre molto orgoglioso del proprio lavoro e oggi penso che qualsiasi lavoro onesto, che non procura male a nessuno, deve e può essere motivo d'orgoglio.

Il sogno più grande di un padre è quello che i propri figli lo ammirino, cosa che a me non è accaduta.

Da snaturato, non sono sicuro neppure di quanti figli fui padre.

Quello che feci nella vita non fu per un ideale, anche se alle volte mi nascosi dietro a questo, ma per la sete d'avventura e per la voglia di vivere. Ho sbagliato, ma spero di recuperare con queste mie memorie; non è mai tardi per pentirsi, lo è per risarcire chi ha subito torti.

Lo so non posso davvero recuperare con queste pagine scritte: un povero vecchio che confessa i propri peccati non rimedia, ma almeno, per poco che possa essere, li confessa e ristabilisce la verità.

Una volta che la verità sarà ristabilita, almeno sarà fatta giustizia, almeno quella morale.

Scelsi per convenienza, per soldi o per sentirmi importante, mai per un vero ideale.

Provo terrore a pensare ancora una volta che molte persone morirono perché, celato dietro a falsi principi, mi precipitai in imprese che nascondevano cupidigia e avidità.

Ricorderò più tardi, nel prosieguo delle mie memorie, il tentativo di unificazione dell'Italia, ma di getto mi viene da anticiparvi i concetti conclusivi... mi viene in mente l'idea che non solo gli idealisti, i falsi idealisti, furono animati da squallidi interessi economici, ma anche che non esisterà mai né l'Italia né gli italiani.

Vi chiedo ancora: voi, eccellenza, vi considerate italiano?

Lo chiedo perché mi pare che i vostri natali furono in quel di Firenze, ma mi pare altrettanto che militaste nelle retrovie piemontesi. Non è forse così?

Spero che concordiate con me che il popolo italiano non esiste e non esisterà. I popoli che furono uniti, contro la loro volontà, erano, sono e saranno troppo diversi moralmente, economicamente, storicamente.

Fu una misera invasione e non un'unificazione. Fu una guerra non dichiarata e, come tale, ancora più ignobile.

Sarebbero potuti convivere, nella penisola italica, vari Stati di dimensioni più ridotte, facilmente governabili, dove i cittadini di ogni singolo Stato si sarebbero assomigliati tra loro più di quanto ora avvenga. Soprattutto avrebbero potuto essere rispettosi l'uno verso l'altro.

Il sud è ricco e laborioso, meglio, fu ricco prima della spedizione e, con un clima così mite, come prima abbiamo detto di Nissa, non si può non pensare che l'agricoltura non fiorisca, sempre che oggi, grazie ai piemontesi, non sia tutto definitivamente perduto.

La posizione nel mediterraneo è meravigliosa, invidiata, e favorirà ulteriormente, in futuro, gli scambi.

Sono certo che il sud, se ben gestito, sarà in futuro davvero ricco e soprattutto potente ma l'intervento dei piemontesi e la carneficina che ha seguito la mia spedizione, già di per sé tremenda ingiustizia, ne ha minate le possibilità.

Manifesto preoccupazione, invece, per il nord, anche se moralmente decidesse di redimersi.

Oggi questa finta unificazione è stata una scusa per permettere agli inglesi, ai piemontesi e a chi li ha seguiti, a me stesso, di depredare le zone più ricche, il sud appunto, ma cosa accadrà in futuro?

Vivere nel nord dell'Italia è difficile, gli inverni non danno scampo, l'agricoltura è avida e i suoi abitanti, forse anche per questi problemi, si sono trasformati in uomini litigiosi, tristi e poco sognatori.

Io prima di tutti so cosa vuol dire: popoli con queste caratteristiche sono propensi alla guerra, che a sua volta può portare qualche beneficio solo per qualche anno, fino a quando non sono terminate le risorse saccheggiate!

Chi è sognatore invece ha poco nel breve ma moltissimo nel lungo termine, perché percepisce cose che ancora non esistono e inventa.

Così è, e sarà, il sud!

Quindi oggi il Piemonte non solo ha combinato poco e nulla, ma ha distrutto quello che al sud si era fatto così bene.

Vergogna, tremenda vergogna.

Vi chiederete certamente "Ma com'è possibile che questo anziano uomo che ha lottato per unificare l'Italia, oggi, ormai alla resa dei conti, dichiari che l'Italia non esiste e mai esisterà?!" Sì, è proprio così e poi, come leggerete dai miei manoscritti, io volli saccheggiare l'Italia, non unificarla, e chi mi usò fu peggio, molto peggio di me, sia prima che dopo. Sono già arrivato al nocciolo, all'essenza delle mie memorie, ma è meglio che il racconto prosegua, ho tante cose da raccontare e il tempo a mia disposizione invece... speriamo di arrivare in fondo.

Nella mia famiglia c'erano anche altri fanciulli, fratelli e sorelle, ma di loro ho un ricordo vago e, alle volte, neppure troppo sereno.

Da sempre, infatti, mi sono sentito solo, a tratti incompreso, con tutta questa voglia d'avventura che mal si accompagnò alla famiglia.

Inoltre i miei fratelli mi parvero noiosi con quella loro voglia di studiare; io preferii imparare le cose vivendole di persona.

Non fu sempre così: avevo voglia d'avventura e mi sentivo un po' diverso, ma ci furono certamente anche episodi piacevoli e addirittura divertenti.

Alle volte, quando ero in sintonia con mio fratello, decidevamo di fare degli scherzi, tanto per passare la giornata.

In un caso fui portato in trionfo come un giovane eroe ma in realtà, si era trattato di una marachella. C'erano le lavandaie, chine e intente a lavare i pochi indumenti, spesso lisi, e noi andavamo dietro di loro ed emettevamo degli urli laceranti, tipo animali feroci.

Una volta una di esse cadde per lo spavento e quasi annegò nella poca acqua della fontana, che a malapena le arrivava al ginocchio.

In un lampo la trassi in salvo, più per rimorso e timore che per eroismo: mio padre mi avrebbe staccato la pelle di dosso.

Non era un uomo severo, ma l'educazione e le poche regole che c'imponevano dovevano essere rispettate con riguardo.

Desiderava che la famiglia Garibaldì fosse ben inserita a Nissa e che nessuno avesse nulla da dire su di noi.

Tornando allo scherzo, la povera donna, forse ancora vittima dello spavento, non si rese conto che l'urlo era stato emesso sempre da me, ma mi vide come un salvatore, un giovanissimo salvatore.

Fu così che quando mio padre tornò dal mare si vide venire incontro molte persone che lo volevano, per prime, informare di quanto fosse bravo suo figlio Joseph Marie.

Naturalmente, al tempo, c'erano diversi giochi che noi fanciulli potevamo fare.

Ad esempio quel gioco che veniva effettuato con due pezzi di legno di dieci centimetri o poco più. Lo ricordate? Avrete giocato anche voi immagino.

Un legno aveva le punte: forse da voi a Firenze era l'equivalente del lippino. Il lippino si poggiava su l'altro legnetto e poi con un bastone grande si colpiva; si doveva colpire due volte: una per farlo saltare e l'altra per mandarlo lontano.

Alle volte qualcuno si faceva male, ma era divertente.

Facevamo anche barchette di legno che lasciavamo andare sul fiume e se qualcuno arrivava al mare con la propria barchetta aveva vinto.

Quante volte facevamo un bagno fuori programma per recuperare la barchetta, specie se questa era fatta bene.

A Nissa proprio freddo non lo provai mai; il vostro Piemonte invece aveva inverni che parevano interminabili.

All'epoca, piaceva dialogare in una specie di dialetto francese; dialetto comprensibile dai francesi ma non dagli italiani.

Toh... a ripensarci mi vengono in mente cose che potrebbero confermare che sono francese.

L'italiano in verità non mi piacque mai molto e viaggiando imparai diverse lingue.

Devo aggiungere che esistevano tanti dialetti, anche ora dopo l'unificazione, e che non si sapeva quale fosse il vero italiano... beh, mi piaceva il ligure, seppur difficile da imparare.

Ripensando all'infanzia, mi piacevano i racconti storici, quelli che parlavano dei grandi imperatori romani.

Voi che leggeste così tanto che influenza vi pervase? Io non lessi certamente come voi ma quel che lessi mi fece credere che sarei potuto essere un imperatore, un conquistatore o qualcosa del genere.

Più volte sentii il bisogno di essere un vero conquistatore e la mia vita subì una svolta già negli attimi in cui ascoltavo quelle storie.

Non attribuisco la colpa delle mie malefatte a dei racconti: è come se chi leggesse il racconto del vostro burattino potesse trovare giustificazione nel fare qualsiasi cosa.

Dico soltanto che m'influenzarono e che sentii il bisogno di partire, tanto che mio padre, forse esausto, mi permise di imbarcarmi e mi battezzò alla vita del mare.

In quel momento pensavo che tutta la mia vita fosse il mare.

Vi anticipo e con presunzione leggo nei vostri pensieri "Sarebbe stato abbastanza fare il pescatore: la mia vita sarebbe stata piena comunque di avventure, ma non di delitti."

Sarei stato una brava persona così come fu e come ricordo con amore mio padre. Avete ragione sarebbe stato abbastanza.

Quando mio padre era in mare, anch'io pescavo a Nissa e all'epoca di pesci ce n'erano molti.

Mi costruivo da solo delle nasse, quelle fatte a campana: costringono i pesci a entrare, per via delle esche poste all'interno, ma poi non riescono ad uscire e vengono catturati.

Sapevate cosa sono le nasse?! Perdonate per la mia insolenza, ma sono certo che alcune cose, anche se siete così colto, non le conoscete.

Alla fine mio padre si rassegnò e mi diede il consenso: mi ricordo, infatti, come fui orgoglioso del suo permesso, anche se sarei partito senza tale autorizzazione.

Il mio primo viaggio fu spettacolare; intendo il primo senza mio padre, lontano.

In realtà altre piccole cose come battute di pesca le avevo affrontate con uno spirito diverso, quasi naturale.

La mia gioventù fu essenziale nella formazione del mio carattere, dei miei interessi, della mia personalità, come credo per tutti gli uomini, e pertanto mi pare essenziale doverli descrivere, anche se alcuni di essi potranno sembrare, ai posteri, privi di notizie interessanti.

È invece importante far capire oggi a chi vorrà conoscere la mia vita e la parte prima della famosa spedizione "dei mille", cosa mi portò a compiere un tale massacro, tali saccheggi, mentre la parte successiva alla spedizione la trovo irrilevante e forse non perderò tempo a raccontarla... No, anzi, mi correggo subito: ebbe la sua importanza perché solo dopo il disastro che combinai, e che feci perpetrare di conseguenza, diventai una persona migliore con il pentimento, anche se fu troppo tardi. Sì, successero altri fatti rilevanti, ma furono ripieghi di un progetto grandioso fallito e ci fu, come vedremo, un rimorso immenso che ancor oggi mi tengo dentro.

Voi però, esimio Lorenzini, mi potrete aiutare e v'affido un compito anche contro la vostra volontà: vi chiedo di diffondere la verità in modo che qualcuno prenda coscienza di cosa accadde e che in qualche modo, anche solo parzialmente, possa rimediare.

Scusate non vorrei farvi perdere il filo della questione e ritorno così subito al mio primo viaggio; io stesso ho timore di smarrirmi, in quanto la mia memoria fa difetto e poi sono davvero stanco... la malattia non mi da pace.

I viaggi

Nel primo viaggio mi trovai ancora fanciullo a Odessa, principale porto franco.

Fu anche un'opportunità di visitare una città che, come centro commerciale di innumerevoli culture, permetteva la convivenza di idee politiche e religiose diverse.

Un qualsiasi giovine al tempo avrebbe apprezzato una permanenza in quella città.

Io la trovai meravigliosa, anche se la mia Nissa, o Nizza se desideriate meglio chiamarla, fu sempre la mia amata.

Ricordo però con piacere la mia prima donna, che incontrai proprio in quella occasione; se fosse andata come immaginavo in quel momento, a Nissa non sarei mai più tornato.

A Odessa ci fermammo per tre notti.

La città venne fondata ufficialmente alla fine del settecento dalla Russia nel territorio perso dalla Turchia pochi anni prima e divenne il principale porto russo sul Mar Nero, crescendo a dismisura sotto il governatorato del Duca di Richelieu, notabile francese, nei primi anni dell'ottocento e divenne porto franco per molto tempo.

Prima non ricordo come si chiamasse: ho appreso molte lingue, ma di turco quasi nulla.

Andai a Odessa per i commerci che si stavano sviluppando in quel periodo e fu il primo serio imbarco che trovai. Ero il giovine di fatica, il mozzo, e poco mi importava dove fossimo diretti: un imbarco valeva come esperienza e compenso.

La prima sera ebbi la libera uscita ed entrai in una taverna, se così oggi la posso definire, dove conobbi Natasha.

Il viaggio era stato duro, durissimo, fatto di sacrificio e privazioni.

Conoscere una bella ragazza fu un miracolo seppur, a dire il vero, non fui io a conoscere lei: la ricordo forse anche più bella di come davvero fosse, ma potrei sintetizzare con la parola meravigliosa.

Quando entrai in quel posto mi trovai a disagio: non avevo soldi, ero solo un fanciullo e di fronte a me c'erano uomini enormi, a tratti spaventosi, inoltre non conoscevo il linguaggio che utilizzavano.

Mi aveva indirizzato in quel posto il capitano Angelo, quindi presi coraggio e seppur controvoglia restai ad osservare cosa sarebbe successo.

Natasha mi venne incontro come se mi conoscesse da tanto tempo e come se mi aspettasse.

Mi sembrò quasi di essere al centro dell'attenzione: alcuni mi guardavano e, mentre dicevano alcune cose nella loro lingua sconosciuta, ridevano con gusto.

Il quel momento non sapevo che lei si chiamasse Natasha, lo appresi successivamente proprio dal capitano Angelo.

Era una bella ragazza, più grande di me ma certamente ancora molto giovane.

Mi accompagnò ad un tavolo in disparte e mi fece segno di aspettare.

Il tempo mi parve interminabile nell'attesa, in quanto avrei voluto dichiarare che non avevo soldi, ma non mi fu possibile; inoltre la gente intorno a me continuava a guardarmi e a ridere.

La ragazza tornò e posò sul tavolo da mangiare e da bere.

Il piatto era caldo, addirittura a base di carne, mentre il bere sembrava acqua ma in realtà era fuoco.

Tirai fuori le tasche dai miei pantaloni, tristemente stracciati, come ad indicare che non avevo nulla, ma lei mi carezzò una guancia e mi fece cenno di mangiare.

Nelle lunghe settimane di navigazione non avevo mangiato nulla di così buono.

Mi stupii davvero, fu gentile, mi fece mangiare e bere, pur sapendo che ero sprovvisto di denaro. Fui certo che lo capì, ma mi indusse a consumare il pasto.

Pensai che forse aveva pagato la cena il capitano Angelo: era stato proprio lui ad indirizzarmi in quel posto.

Non terminai i miei primitivi ragionamenti, quando il bere mi stordì. Vedevo le luci soffuse delle candele, sempre più tenui; le voci diventarono un coro stonato, a tratti sgradevole.

Mi trovai spaesato, disorientato, ma lei accorse in mio aiuto e mi porse la mano.

Da lì a poco io e Natasha ci trovammo in una delle camere superiori insieme, nudi nel letto.

La mattina dopo pensai che sarei rimasto per sempre a Odessa. Mi ero innamorato, così pensai, da subito per certo.

Già mi vedevo in quella specie di taverna a lavorare insieme alla mia donna, insieme alla mia sposa.

Pensavo di dare il nome al locale in onore della mia città "Taverna Nissa".

Ero perfino certo che la ragazza ricambiasse i miei sentimenti.

Non ero mai stato con una donna, fisicamente intendo, e mi parve di essere cresciuto di colpo.

Vidi la mia vita in modo diverso: scrissi una lettera in fretta e furia, una lettera che sarebbe dovuta andare a Nissa per far sapere alla mia famiglia che non sarei più tornato.

Pensavo a mia madre, che avrebbe letto la lettera con triste rammarico, e a mio padre, che invece avrebbe mostrato orgoglio.

Corsi al brigantino, con l'intento di avvisare il capitano, che dapprima ascoltò la mia storia con interesse e poi scoppiò in una fragorosa ed inaspettata risata.

Io avevo ancora nelle mani la mia lettera: non capii perché ridesse con gusto, era una cosa buffa innamorarsi? Era una cosa ridicola voler abitare per sempre ad Odessa?

Il capitano Angelo mi confessò che aveva pagato la ragazza, sia per la cena sia per intrattenersi con me la notte, ma non solo. Mi confidò candidamente che lui era stato con Natasha decine di volte e che ci sarebbe, probabilmente, tornato anche quella sera.

Mi parve spaventoso quanto appena ascoltato ed anche impossibile che la ragazza non mi amasse.

In quel momento avrei voluto aggredire il capitano per quelle stupide menzogne, ma mi trattenni: avrei dimostrato che mentiva. No, no... non era possibile ai miei occhi di giovane uomo un fatto del genere.

Corsi alla taverna per dimostrare al capitano, a me, al mondo, che la mia Natasha era una santa e che il capitano Angelo parlava solo per invidia, ma fui presto smentito.

Quando vi giunsi, la ragazza era tra le braccia di un uomo mastodontico e anche maledettamente maleodorante.

Era gentile con lui, anche troppo; la chiamai e si volse solo all'ennesima volta, guardandomi come uno dei piatti sporchi lasciato dagli avventori di quel maledetto locale.

Tornai anni dopo ad Odessa, per altri motivi, nel trentatré, almeno mi pare che fosse quell'anno, e vi trovai ancora Natasha che non solo non mi riconobbe, ma che era diventata grossa come una balena.

Gli occhi erano segnati, i seni cadenti e non più attraenti, la voce pareva quella di un uomo e fui contento di non averla sposata.

Da giovane partecipai ad altri viaggi, magari di piccola durata ma in particolare ricordo un viaggio con un carico di vino: era il ventiquattro... anzi no il venticinque, sì... il mille ottocento venticinque.

Desidero narrare questo viaggio in quanto, da ingenuo ragazzo com'ero ad Odessa, già mi ero trasformato in un uomo, seppur giovane, certamente disonesto.

Trasportavamo vino destinato alle persone che si sarebbero recate a Roma per il Giubileo.

A me della religione non interessava nulla e anzi curai, con cinismo, i miei interessi.

Si trattò di un imbarco organizzato da mio padre e lì per lì fu solo un altro lavoro, ma a dire il vero tradii la fiducia del mio genitore stesso e addirittura, sul momento, mi parve una cosa giusta.

Quando la nave giunse a Fiumicino, fui incaricato di vigilare sul vino mano a mano che veniva portato su una piccola imbarcazione dalla nave alla terra ferma.

Ricordo che osservai anche la torre Clementina, mi pare fosse stata costruita per ordine di un papa... direi papa Clementino, lo dico per assonanza, ma non vi è dubbio che mai potrei pensare di sapere di quale Clementino si trattasse.

Parte dell'equipaggio, compreso mio padre, era sulla nave e parte, in tutto eravamo otto uomini, faceva la spola.

Quando restai solo ne approfittai per trafugare alcune otri che successivamente avrei venduto, in autonomia, ai pellegrini.

Vista l'enormità del carico, sarebbe stato impossibile accorgersene anche ai più attenti. Inoltre il mio lavoro era modesto, dovevo sorvegliare mentre gli altri facevano una fatica disumana e pertanto non avrebbero avuto neppure voglia di pensare ad una cosa simile.

Io Joseph Marie figlio di chi organizzò il viaggio, avrei mai potuto trafugare delle otri? Secondo loro no, ma in realtà fu proprio così.

Nei pochi giorni che restammo attraccati nei pressi di Fiumicino il carico fu venduto, compresa la parte da me saccheggiata. In sintesi derubai mio padre.

Questo evento mi segnò per tutta la vita, da un lato negativamente in quanto spesso accadde che per i miei interessi tradii ideali e presunti amici, ma dall'altro positivamente in quanto mi insegnò a cavarmela e trarre vantaggio da situazioni di diverso genere, anche se non c'è nulla di cui essere fiero.

Certo ai posteri, che leggeranno queste mie memorie, non farò una buona impressione e spero che anche questo serva per ristabilire la verità.

Vi imploro professore: non cadiate in inganno come altri nel lodare la mia leggenda. Sono stato una persona con pochi scrupoli e non ho intenzione di assolvermi da ciò che ho fatto, ma desidero raccontare ciò che è realmente avvenuto.

Almeno onestà, nella cronaca.

Anche quando fummo in viaggio comandati da Giuseppe Gervino, non brillammo per onestà e ancor meno per audacia.

Il nostro brigantino, l'Enea, si trovò a transitare nei pressi di una feluca spagnola in situazione disperata, a cui non prestammo soccorso, in quanto in pochi minuti capimmo che avremmo messo a repentaglio le nostre vite. Ne condannammo così altre.

Gli spagnoli si dannarono mentre la loro imbarcazione stava affondando e noi li guardavamo inermi e pensavamo che avremmo potuto raccontare che non c'era nulla da fare. Si, in effetti andò così: non ci provammo neppure a soccorrerli!

Nella mia vita mai fui davvero un eroe e questo spesso mi portò a crisi esistenziali, proprio perché altri mi credettero tale e io lo feci credere senza provare a smentire.

Da lontano, ma neppure troppo, sulla feluca in affanno vidi i visi stravolti, trafelati, di chi sa, di chi percepisce che la vita è alla fine.

Mi ricordo che si potevano vedere le espressioni di chi implora di ottenere un aiuto. Forse mi beai addirittura che il nostro brigantino fosse così robusto.

La feluca sparì presto sotto un'onda tremenda e neppure i corpi tornarono a galla, tranne uno. Un corpo di un giovine, forse ventenne, che fu presto divorato da molti squali di grosse dimensioni, che banchettarono festanti.

Ci fu uno squalo enorme che attaccò anche i suoi simili, era un mostro mai visto.

Ogni volta che ne riparlammo, dell'evento intendo, lo squalo lo ricordammo sempre più grande, ma a dire il vero anche se non ci fosse stato, anche se fosse stata una piccola acciuga forse non avremmo fatto nulla.

Altro che famoso condottiero: nella mia vita ebbi spesso paura e alle volte terrore.

Ricordo con amarezza il viaggio sulla Cortese, dove fummo depredati di tutto.

Da parte nostra non ci fu neppure una minima reazione; niente di niente.

Ci rubarono tutto, anche i vestiti; ricordo la vergogna una volta giunti a Costantinopoli. Quando la nave vi giunse, eravamo tutti nudi e la gente del porto ci guardava esterrefatta: non credo che mai avesse visto tale spettacolo.

Occhi increduli, bocche deformate dalle risate sguaiate.

Non mi era neanche possibile tornare indietro: ero ferito, ammalato, nudo appunto.

Immaginate cosa significhi trovarsi in una città straniera senza nulla in quelle condizioni?!

Ci fu il rischio di essere anche arrestati.

Fui costretto a chiedere l'elemosina, ma ancor prima a rubare vestiti e a cercare, negli scarti degli altri, resti di cibo per poter vivere.

Per fortuna in quell'occasione ci fu qualcuno caritatevole.

Alla fine furono anzi tre anni piacevoli, durante i quali mi occupai di insegnare matematica e francese alla comunità italiana.

A pensarci mi viene nuovamente da ridere: io insegnante di matematica?!

La guerra che da un lato interruppe gli scambi commerciali, prima piuttosto fiorenti, peraltro favorì nuovi commerci, alquanto discutibili.

Ancora una volta caddi in tentazione di un guadagno facile.

In quel periodo si sperimentarono nuove armi, i fucili cosiddetti ad ago.

Si disse che fossero a disposizione dell'esercito prussiano dal 1840 o dal 1841, non ricordo di preciso, ma in realtà erano già in commercio, sottobanco e come prototipi piuttosto difettosi, dodici o tredici anni prima, già nel ventisette o ventotto. Io allora li commerciavo, anche se difettosi.

O perbacco! Mi viene da pensare proprio ora mentre sto scrivendo che questi fucili, meglio noti come Dreyse, non fossero frutto allora dell'intelligenza di Von Dreyse... chissà... sì, perché se erano in commercio prima, allora l'idea non era sua... forse sì, magari ufficializzò solo quando diventarono più affidabili... non so.

Era un'arma potente, sparava anche dieci o dodici colpi ogni minuto, anche se i prototipi non erano per nulla affidabili: alcuni s'inceppavano e non partivano più, altri, molto peggio, esplodevano in mano.

Sono abbastanza preparato sull'argomento in quanto, in seguito lo vedremo, ebbi a che fare anche con la guerra prussiana. Come francese, naturalmente!

Beh, fatto sta che il commercio di questi fucili era la mia principale, seppur segreta, attività per quei due o tre anni.

Ne riuscii a vendere molti, solo perché allora sembrò una vera innovazione: si caricava dalla base della canna e non più dalla punta.

Se vogliamo, in verità fui complice di chi uccise molti ragazzi con quelle diaboliche armi, ma anche responsabile per chi accidentalmente si fece male con i fucili difettosi.

Il guadagno facile chiuse occhi ed orecchie, i miei e di chi, come me, partecipò al commercio.

Ogni tanto, per copertura, davo qualche lezione ai ragazzini, figli di commercianti genovesi, ma davvero qualcuno crede o crederà che io possa aver vissuto con i frutti delle lezioni di matematica da me impartite?

Voi, o eccellente professore, o semplice scrittore che voi siate, vi potrete mai immaginare di vedermi insegnare...? E poi matematica?!

Non diciamo sciocchezze! Ho odiato la matematica e a malapena potevo contare il denaro. D'altro canto, eccellentissimo Lorenzini, voi non sareste a vostro agio con un fucile in mano, anche se ho saputo che qualcosa in Piemonte avete fatto anche voi.

A Costantinopoli misi in saccoccia molto denaro, ma la voglia di guerra tra i russi e i turchi si affievolì e così la richiesta di armi.

Iniziai altri commerci, con quanto discutibilmente guadagnato, e feci una bella vita.

Gli altri commerci non diedero i frutti sperati e passai diverso tempo consumandomi in tutti i vizi possibili.

Le armi diedero un rendimento, i cereali un altro. Può arricchire con le armi anche chi di armi e di commercio non sa nulla, mentre non è la stessa cosa per i cereali.

Fu un periodo di dissolutezza, ma divertente.

Le donne non mancavano mai, ma quando il denaro cominciò a terminare il mio fascino si ridusse notevolmente.

Fu così che tentai di recuperare il tempo perduto, lavorai anche per il restauro di una chiesa ortodossa sotto mentite spoglie.

In quell'epoca la città accoglieva genti e religioni di vario tipo in pacifica convivenza.

Credetti, ma non so se fosse vero, che sapendomi di altra religione mi avessero impedito di lavorare.

Io non fui praticante, certamente contrario ai preti, ma credente, cristiano a modo mio.

Lavorare per il restauro di un mosaico mi diede modo di apprezzare doti artistiche che non sapevo di avere e che successivamente non coltivai mai più.

Più che artistico fu un lavoro d'artigianato, ma diede soddisfazione sia a me che a chi vide il lavoro completato.

Devo aggiungere che il lavoro mi piacque e che nel complesso fui anche bravo. Terminato il restauro, ne rimasero talmente contenti da incaricarmi di farne uno io, non più come restauratore ma come autore.

Non posso avere l'ardire di credermi artista per davvero, ma autore certamente sì; se mai quel luogo di culto ortodosso oggi fosse ancora come allora, ed io non ne sono a conoscenza, un visitatore vi troverebbe un mio paesaggio marittimo, disegnato con dovizia di particolari.

Un mosaico firmato Joseph Marie Garibaldì.

Nel contempo i vizi proseguirono e fui accolto in pianta stabile da una donna, per un periodo relativamente lungo, ma poi, viste le difficoltà ed il degrado in cui fummo costretti a vivere, i nostri litigi si moltiplicarono tanto che ella mi cacciò, senza ripensamenti.

Mi pare che fosse il trenta oppure... no, no... fu il milleottocentotrentuno, quando tornai nella mia Nissa costretto dalle ristrettezze, al termine di un periodo gaudioso. Attesi che una nave avesse bisogno di uomini e m'imbarcai come uno comune di fatica. Non ebbi alcuna pretesa, neppure sul compenso: la mia unica volontà era tornare in quella città che identificavo come casa.

Si sa, infatti, che anche i più ostinati girovaghi identificano un posto come loro casa e se ne ricordano, proprio quando sono in difficoltà.

Ah Nissa, la mia Nissa... il profumo delle mimose si sentiva da lontano.

Era primavera, ma il clima era quasi estivo... lo ricordo come se fosse ieri.

La città era meravigliosa in qualsiasi momento dell'anno ed ogni volta che tornavo mi domandavo perché mai ne fossi partito.

Mi pareva di essermi perso qualcosa, mi pareva uno spreco come aver gettato del cibo appena cotto.

Il mio problema principale è che non sapevo restare fermo; avrei voluto restare a Nissa, magari aprire una locanda con cucina, ma nello stesso tempo desideravo viaggiare.

La locanda richiedeva costanza, una dote che mai nella vita mi accompagnò.

Voi, Lorenzini, leggerete, se riuscirò a terminare queste mie memorie, che ebbi molte donne ed alcune le amai, che visitai molte città ed in alcune abitai, che conobbi molti uomini e di alcuni diventai amico... tuttavia troverete un tormento: che mai ebbi costanza.

La scelta fu la prima che capitò e quando mi proposero, pochi giorni dopo, un imbarco, accettai subito.

Antonio Casabona non voleva essere chiamato capitano ma solo Tonio.

Mi scelse come secondo credo più per la mia forza fisica che per la mia esperienza.

Lui era davvero affaticato, tanto che in viaggio mi cedette il comando perché fisicamente era piuttosto malandato.

La nave era la Nostra Signora delle Grazie, una bella nave.

La cosa sembrerà incredibile, ma io non seppi mai cosa trasportasse la nave.

Finalmente, all'inizio dell'anno successivo mi fu rilasciata la patente di capitano di mare e da lì a pochi giorni mi rimbarcai con la Clorinda.

Il viaggio fu un inferno e fummo attaccati dai corsari, come in precedenza, ma questa volta reagimmo.

Fu la prima volta che uccisi un uomo.

Ci furono diversi morti anche tra i nostri ed io ebbi una ferita ad una mano. Tuttavia avemmo il sopravvento e da vittime ci trasformammo in aggressori, tanto che saccheggiammo coloro che avrebbero voluto saccheggiarci.

In particolare di quel viaggio ricordo l'amico Edoardo, che in continuazione mi parlava di una ragazza che era cresciuta con lui e della quale era innamorato.

Era così preciso e dettagliato nei racconti che dapprima me la immaginai e poi anch'io me ne innamorai.

È vero, questo fu sempre un problema di grosse dimensioni: in mare non si vedevano le ragazze per giorni, settimane, alle volte mesi.

Se da un lato se ne soffriva la mancanza, meglio se ne apprezzava la compagnia quando si tornava a terra; spesso però avrei voluto che le donne fossero con me durante queste navigazioni.

Le donne, le donne che spettacolo!

Edoardo comunque divenne un amico.

Da questo momento cominciai ad apprezzare i discorsi di politica e a fantasticarne i risvolti, soprattutto quelli economici.

La politica infatti creava, crea e creerà, opportunità... queste generano potere e il potere, a sua volta, genera soldi.

I soldi portano inevitabilmente fascino e le ragazze arrivano di conseguenza.

Le cose poi si mescolano: i soldi danno potere, le ragazze, la politica diventa un passatempo noioso.

All'epoca tuttavia partii dai primi fondamenti: un capitano di nave, seppur una divinità davanti ad un mozzo, non era nessuno senza politica e mai sarebbe diventato davvero ricco, importante e pieno di fascino.

All'inizio dell'ottocento ero un ragazzo di bell'aspetto, lo dico oggi da anziano, ma non certo un affascinante principe.

Il mio viso era spesso segnato dal sole, la mia barba e i miei capelli, seppur fluenti, di color mogano con sfumature rossicce, erano, a causa dell'acqua salata del mare, un unico gomitolo spesso ingovernabile.

Le mani poi, callose già in giovine età, non erano adatte ad accarezzare la pelle liscia e vellutata delle nobili dame, ma piuttosto a fare prove di forza con le catene.

L'alimentazione che in mare ci potevamo permettere faceva sì che ogni volta che si respirava gli insetti si domandassero sorpresi dove fosse questo cumulo di cibo putrido da aggredire.

Non immagino, o forse sì, cosa potessero pensare le ragazze quando le baciavamo all'arrivo al primo porto.

C'è da dire che loro stesse erano addomesticate dal denaro.

Accompagnai anche francesi esiliati, tra cui Barrault, professore più o meno come voi, che mi raccontò con grande entusiasmo le sue idee.

Fui colpito in particolare da una frase, una sentenza che lo stesso Barrault espose: un uomo che, facendosi cosmopolita, adotta l'umanità come patria e va ad offrire la spada ed il sangue a ogni popolo che lotta contro la tirannia, è più di un soldato, è un eroe.

Questa frase mi fece capire subito che il patriota di per sé non può esistere; ancor oggi non comprendo perché fui definito patriota, oltretutto dopo aver saccheggiato metà di quella che sarebbe stata la mia patria e aver permesso che le facessero peggio, ma molto peggio di me.

Forse Barrault intese comunicarmi che esistevano solo mercenari e che ognuno ha il suo prezzo.

Forse non fu filosofo, ma uno pratico, addirittura cinico; evidentemente fu frainteso.

In quel periodo cominciò a prendere forma il mio progetto e offrivo da bere a sconosciuti con l'intento di arruolare nella causa nuovi elementi, senza preoccuparmi con chi avessi modo di parlare.

Ma di che causa si trattava davvero?

Più avanti dichiarerò che la causa era in effetti un progetto ambizioso.

Se mi conoscevano mi dichiaravo Joseph Marie, altrimenti, ai più sconosciuti, come Giuseppe Mazzini.

Mazzini fu un codardo, libero pensatore, ma codardo.

Inoltre, e sembrerà strano leggerlo su queste mie memorie, era noto anche un altro nome che frequentava i nostri luoghi: un tal Giuseppe Giribaldi.

Garibaldi e Giribaldi... Giuseppe e Joseph... molte nostre gesta, buone o cattive furono poi descritte in modo confuso e ancora in futuro lo saranno.

Siccome poi le voci cominciarono a circolare, fu opportuno trovare un altro imbarco per far calmare le acque.

Si trattava di attendere… per avere un frutto maturo bisogna saper aspettare, ma coglierlo in tempo altrimenti marcisce oppure lo mangia qualcun altro.

Fu così che nel trentaquattro fui imbarcato, insieme a Mutru, sulla Conte De Geneys, che stava per partire per il Brasile. Ci restai solo un giorno: il giorno successivo, il quattro febbraio, fingendomi malato scesi a terra.

Questa cosa già pare mezza vera e mezza no e a voi, Lorenzini, non posso mentire. La verità, ancora una volta, fu un'altra: quella notte io e Mutru Edoardo, bevemmo vino a non finire, la scorta degli ufficiali, e la mattina non riuscivamo a stare in piedi ed inoltre saremmo stati puniti duramente.

Nel frattempo era stabilito che l'undici febbraio del trentaquattro ci sarebbe stata un'insurrezione popolare in Piemonte.

Davvero c'erano alcuni che avevano ideali etici ma davvero, eccellente Lorenzini, mi creda, i più non avevano lavoro e sarebbero voluti diventare ricchi e importanti in fretta, proprio come me.

Ora vi chiedo: se una persona ha una casa meravigliosa, una donna stupenda che fa tutto quello che lui desidera, soldi come una montagna, salute e forza fisica di un ventenne, davvero pensa all'Italia, all'unificazione, alla giustizia?!

Penserà forse: speriamo che gli altri non si sveglino e che non mi portino via tutto.

Invece, se è povero e affamato magari agli "ideali" ci pensa.

Quindi, gli ideali non esistono e neppure la giustizia.

Per avviare il progetto che avevo in mente fu necessario chiedere a Mazzini, il ventisette gennaio, un'autorizzazione per avviare una guerra corsara contro i nemici austriaci e piemontesi, una richiesta impossibile da esaudire, ma senza la quale le mie azioni sarebbero state solo atti di pirateria.

Come detto, io mai ebbi stima di lui ma molti ne avevano e se lui avesse dichiarato qualcosa avrei avuto il consenso popolare.

Quando si parlava di Mazzini tutti ascoltavano, sia quelli a favore che quelli contro: Mazzini portava sempre motivi per discutere anche solo a nominarlo. Io lo reputavo un sapiente parlatore ma nulla di più.

In realtà la mia idea sull'Italia assunse dimensioni maestose; ebbi davvero un'idea incredibile, che però avrebbe portato a una strage di massa ma sul momento non ci pensai.

Il tutto doveva essere celato dietro agli ideali.

Sono certo, eccellenza, che rimarrete a bocca aperta per la mia idea.

Voi non vi arrabbierete quando avremo modo più avanti di vedere che ruolo ebbero poi questi piemontesi... voi, che militaste insieme a loro, sono sicuro che riuscirete a rimanere imparziale.

A terra fu mia intenzione fare gruppo con i mazziniani, alcuni dei quali pensavano che io fossi Mazzini, ma il fallimento della rivolta e l'allerta di esercito e polizia fecero fallire anche tutto il resto.

Come già dissi, io non ebbi mai ammirazione per Mazzini, tuttavia capii che molti lo ascoltavano con attenzione e così volli sfruttare quell'occasione che da subito era parsa propizia.

Si trattava spesso di povera gente, illusa con parole di un futuro migliore, ma era un numero crescente, che dava adito all'offrirsi di nuove opportunità.

Potevamo avere molti proseliti, nel nome degli ideali, e pensai anche che una rivolta si potesse consumare comunque, invece non solo non accadde nulla ma fui anche accusato di diserzione.

Diserzione da cosa? Diserzione da chi?

Ebbi la consapevolezza di non appartenere a nessuno, se non a me stesso.

Stavo tramando per consumare il mio progetto e un'eventuale insurrezione avrebbe potuto donarmi terreno fertile per spargere i miei semi, i semi di una pianta che avrei chiamato Italia.

Spero che voi professore stiate morendo di curiosità: presto vi confiderò il mio scopo, che da un lato vi sorprenderà dall'altro, come poi accadde a me, vi deluderà totalmente.

Nel dubbio di un futuro incerto, passai dalla Caterina Boscovich e dimenticai le mie temporanee disavventure con un pomeriggio d'amore.

Bella Caterina, veramente bella.

Ricordo con rimpianto il suo seno prosperoso, tale da pensare che non ne esistessero di più belli ed accoglienti.

I nostri incontri si tennero in una casa dove io ero ospite, onorato, riverito ed anche servito.

Fui protetto, seppur in una specie di prigione perché non potevo uscire; caro Lorenzini, vi chiedo però: chi non farebbe a cambio?! Chi non vorrebbe essere trattato con tutti i riguardi e le attenzioni che Caterina mi rivolse in cambio di una permanenza forzata?

Mentre mi sollazzavo con la bella e disponibile Caterina, il mio quasi omonimo Giuseppe Giribaldi fu arrestato e così l'amico Edoardo.

Certo non sarei potuto restare per sempre in quella dimora, non per sempre Caterina mi avrebbe accudito: se un giorno si fosse stancata di me cosa avrei fatto?

Decisi così di lasciare Genova con il suo aiuto economico, promettendole un futuro insieme.

A malincuore davvero perché lei era davvero... beh non cadrò nella volgarità di rivelarvi tutti i particolari, ma vi assicuro che non mi fece mancare nulla.

Credette alle mie promesse e mi aiutò in nome di un futuro insieme.

Furono giorni movimentati e riuscii a scampare alla cattura più volte, prima di giungere a Marsiglia.

Mi dissero amici informati che fui indicato come uno dei capi della cospirazione e per questo condannato alla pena di morte ignominiosa in contumacia, come nemico della Patria e dello Stato.

Un particolare importante: l'editto che mi condannava fu redatto in lingua francese. Tenete presente questo particolare.

Ma di che Stato si parlava? Una quasi Italia che volutamente parlava in francese?!

Ognuno pensava a sé e non c'era uno Stato al servizio dei cittadini.

Beh, non mi restò molto da fare se non cambiare, ancora una volta, la mia identità.

Divenni un ricercato e in quel tempo vissi per un breve periodo dall'amico Giuseppe Pares.

Anche qui, ad onore di cronaca, devo dire che quelli che oggi facilmente indico come amici, in realtà erano semplici conoscenti ed io un opportunista.

Certo Pares non era come Caterina, questo è ovvio, ma per la latitanza era comunque un'opportunità da non scartare.

Mi dichiarai anche inglese, sotto falso nome, assunta l'identità di Joseph Pane, e continuai a viaggiare.

Salpai il 25 luglio verso il mar Nero sul brigantino francese Union, raccontando questa volta di essere un ventisettenne nato a Napoli.

Sbarcai in marzo e in maggio fui in Tunisia. Di questa terra non ho oggi un ricordo nitido.

Rimasi nascosto molto tempo e non mi fu facile trovare un lavoro, tantomeno da mangiare.

Era diversa negli usi e costumi dalla nostra terra e, sebbene il commercio sarebbe potuto essere fonte di sostentamento, la lingua era difficilissima.

Mi fu poi data l'opportunità di tornare nella mia costa, ma ebbi amara sorpresa.

Tornato a Marsiglia, la trovai devastata da una grave epidemia di colera.

Mi offrii come volontario, lavorai in un ospedale e vi rimasi per alcune settimane.

In questo caso non ebbi secondi scopi, ma fu davvero un gesto di altruismo.

Sono sicuro che, dopo aver confessato tante malefatte, e tante ne confesserò più avanti, se non sarò chiamato dal Santo Padre prima della fine del racconto della mia vita, mi crederete, amico Lorenzini: davvero andai in ospedale solo per altruismo e in quel periodo conobbi Tonio Ghiglione e Giggi Canessa.

Visto che le comuni rotte commerciali erano chiuse, in parte per via del colera, decisi di partire alla volta del Sud America con l'intenzione di trovare una svolta nella mia vita.

Del Sud America si raccontavano tante cose: sembrava fosse facile diventare ricchi, si diceva che ci fossero donne meravigliose e soprattutto disponibili, sembrava che non sarebbe stato difficile diventare una persona importante e così... voi, illustrissimo Lorenzini, cosa avreste fatto?

Certo voi non so, ma uno come me era destinato ad andare in Sud America, con quei presupposti.

Vi faccio domande inutili, caro Professore, alle quali non potrete rispondere fino a quando il mio manoscritto non giungerà a voi, me ne rendo conto: è che vorrei solo sentirmi in compagnia.

Sud America

Era l'otto settembre del trentacinque, quando partii da Marsiglia sul Nautonnier, ignobilmente ancora sotto falso nome: fui infatti Giuseppe Pane, nato nei pressi Livorno.

Mi piaceva cambiare nome e origine; mi dava una sensazione strana ma davvero piacevole, come il vostro Collodi... scusatemi quindi se ho appena asserito che falso nome sia un fatto ignobile.

Collodi poi non mi dispiace, dà una sensazione familiare.

Io poi ero un ricercato, mentre per voi si tratta di un nome artistico; a me piaceva cambiare nome, ma ne ero spesso anche obbligato.

Giunto a Rio de Janeiro all'inizio del trentasei, la nave venne accolta da una piccola comunità di italiani, all'epoca già presenti nel luogo.

Mi piacque essere al centro dell'attenzione e raccontai tante cose che ai più sembrarono assurde. Non mi feci problemi ad apparire italiano, invece che francese, sarei potuto essere di qualsiasi nazionalità se solo avessi ravvisato convenienza.

Dissi che la Francia e tutti i piccoli Stati dell'Italia dovevano essere un unico paese, ma poi ridimensionai i racconti perché qualcuno cominciò a deridermi.

Mi ascoltavano perché portavo notizie dei loro paesi d'origine: ci fu chi mi chiese di Genova, chi di Novara, chi di Parma e chi di Milano, per citare le principali.

Per tutti ebbi notizie da raccontare, in quanto quelle che non conoscevo le inventavo prodigandomi anche nei particolari: alle volte fu palese che erano frutto di fantasia, ma le ascoltavano lo stesso con attenzione.

Se ci fosse stata una comunità spagnola ad accoglierci, avrei dichiarato di essere spagnolo e così eventualmente di qualsiasi altro stato.

Avrei potuto parlare di Madrid, inventandomi tutto come feci per Novara.

Quando giunsi a Rio de Janeiro, non mi importava nulla della loro causa, ma era un modo come un altro per sopravvivere e poi c'erano fanciulle color ebano con corpi maestosi.

Ah sì, belle ragazze davvero.

All'epoca il Brasile, dove il Portogallo gestiva una colonia all'inizio dell'ottocento, si staccò, con l'appoggio della Chiesa e della Gran Bretagna rivale, in un impero latifondista che sopravvisse anche grazie agli schiavi.

Guarda, guarda l'Inghilterra fu anche qui responsabile di alcune cose, come dopo vedremo, anche in Italia.

In una situazione del genere persone come me trovarono terreno fertile.

Mi trovai così ad abbandonare il progetto che prevedeva di unificare l'Italia, almeno momentaneamente, occupandomi di un altro Stato.

Fu un'archiviazione momentanea più' che un abbandono; i tempi non erano ancora maturi.

Non so quanto resisterò a non raccontarvi la mia idea di arricchirmi con l'unificazione ma vale la pena di attendere e poi poco a poco capirete, ancor prima di quando dichiaratamente narrerò i fatti.

Il progetto avrebbe previsto un'unica Italia e questo da solo fu di per sé un evento maestoso, ma ci fu dell'altro.

In realtà, esimio Lorenzini, si trattò solo di rimandarla in quanto se avessi potuto... mi maturò infatti l'idea madre di tutte le idee: con l'unificazione sarei diventato il più ricco di tutti. Vi domanderete, ne sono certo, ma come si poteva diventare ricco con un discorso patriottico?! ... Eh, eh... la mia intelligenza fu di certo più efficace del mio coraggio.

No, mi correggo ancora: credetti d'essere intelligente ma chi uccide, chi fa uccidere, permette che siano uccisi essere umani è uno stolto e io così feci; merito d'essere ricordato solo per quello che sono: uno stolto.

C'è certo da aggiungere che una parte davvero importante della mia vita si svolse in sud America e per questo varrà la pena approfondire cosa accadde e, consentitemi di aggiungere, quante ne combinai.

Comunque all'epoca io ero ricercato e, nella maggior parte dei casi, chi è nella mia stessa condizione vive di saccheggi, furti oppure diventa mercenario a disposizione di qualsiasi causa naturalmente per un prezzo equo.

Non si hanno, in tali condizioni, molte scelte seguire quella causa fu un lavoro sempre in attesa di diventare ricco.

Se mi fossi ambientato, rifatto una vita, la mia patria sarebbe potuta essere anche a Rio Grande sarei potuto essere anche un sud americano.

All'epoca non mi importò molto dell'etichetta, anche se, come detto, oggi mi sento francese; fui tutto insieme: saccheggiatore, ladro e mercenario ed inoltre derubai anche chi mi pagò per seguire questa causa.

Oggi sento parlare persone che sono fiere di me mentre io mi vergogno di quello che sono e che feci.

Ascolto persone che mi citano come italiano per eccellenza, ma non solo non lo sono ma in verità l'Italia non esiste neppure.

La repubblica Riograndese, o Riograndense come altri l'appellarono, fu una terra che volle rendersi indipendente dal Brasile.

Devo dire che era un posto meraviglioso, dove esisteva una folta vegetazione, molto diversa da quella europea ma certamente più bella.

Vi erano animali colorati e tanti, tantissimi pappagalli.

Mi piacque vivere, seppur combattendo, in quella terra, anche se oggi non so neppure se lo stato esista oppure no, figuriamoci cosa me ne importò della causa politica.

Io trovai lavoro, diciamo così, in quanto servivano uomini senza scrupoli per seminare terrore per poi arrivare a trattare.

Chissà se anche laggiù mi ricordano come un loro patriota.

Fu comunque un'opportunità, avrei potuto farmi strada avrei potuto fare qualcosa di simile al mio progetto pensato per l'unificazione dell'Italia ma, vedremo in seguito, fu una causa molto più povera, perché nella "campagna italiana" girarono molti più interessi e sarebbe stato più facile diventare davvero ricchi e potenti.

Ottenuto un permesso per comandare le navi in quelle acque, capii che poteva essere un'occasione di guadagno.

Patente per fare il pirata, quasi mi viene da ridere.

Noi esuli eravamo ben disposti a questi incarichi, soprattutto se ben pagati; il permesso era un rafforzativo, in realtà fummo dei pirati, dei dannati banditi.

In continuazione commettevamo reati ed anche delitti e avevamo il permesso di perpetrarli.

Cominciammo dal nulla: venne comprata una nave grazie ai soldi di Cris, appellativo di Giacomo Picasso, e con i soldi dei primi saccheggi, furono effettuate delle migliorie.

Ci furono altri che sguazzarono ancora meglio di noi in questa guerra, ad esempio chi ci vendette la nave.

Attorno alla guerriglia c'era chi si arricchiva senza partecipare: un po' come feci io per la guerra turco–russa con il commercio dei fucili.

In un episodio ho un ricordo davvero nitido: salpammo i primi di maggio, a bordo una dozzina di uomini in tutto, fra cui il nostromo Giggi Carniglia, il timoniere Giacomo Fiorentino e Joao Baptista, un brasiliano che si occupò di fornirci le armi e conservarle efficienti.

Molto clamore si levò attorno ai nostri saccheggi, tanto che sul giornale locale si lesse di un personaggio mitico, il comandante Cipriano Alves, che in realtà fui sempre io, pirata sotto falso nome.

Questo fantomatico comandante Cipriano Alves secondo la leggenda si scontrò e vinse con nemici numerosi.

Fu, per propaganda, un eroe che uccise mostri e draghi ma caro Lorenzini è probabile che il giornale fosse al soldo della causa: si fece in modo che la gente parlasse per farla arrabbiare.

Le gente furiosa, il popolo arrabbiato e scontento facilmente conduce alla rivoluzione.

Una delle prime prede fu una lancia, da cui catturai la schiava color ebano Antonia, nome che le diedi visto che non riuscii a capire come in realtà si chiamasse.

La resi libera, ma pretesi in cambio... la sua compagnia per alcune notti, diciamo per pudore.

Una ragazza meravigliosa, giovane e più alta di me.

Era veramente bella: mi sarei sposato con Antonia, ma mi parve che volesse scappare e poi ebbi il timore, credo fondato, che mi volesse uccidere a tradimento.

Avrei davvero voluto che stesse con me per molto tempo, ma lessi nei suoi occhi qualcosa di strano: c'era una luce di odio e rinunciai.

In quel periodo ci furono piccole guerriglie, come quando abbordammo una barchetta, "Luisa" mi pare di ricordare, ma è passato tanto tempo e probabilmente qualcosa mi sfuggirà di certo.

Si riportò, per propaganda, che rifiutammo ogni bene, in realtà parte del bottino venne nascosto sulla terra ferma per i nostri divertimenti.

Ci tenemmo dopo averla abbordata, una nuova nave, più grande, alla quale venne cambiato il nome, mentre quella vecchia venne fatta affondare.

I prigionieri furono fatti scendere sull'unica lancia che rimase a disposizione, con alcuni viveri e alcuni beni, ma il minimo di sopravvivenza e il resto servì alla nostra causa, cioè sempre a noi.

Fu un momento indimenticabile: combattimenti cruenti ma anche tanto cibo, tanto alcool, tante ragazze.

Giungemmo poi a Maldonado alla fine di maggio, quando le mie gesta si erano diffuse: a sentire il ministero della guerra e della Marina a Montevideo avevo liberato cento, o più, schiavi.

Si parlava sia del comandante Cipriano Alves che del comandante Joseph Garibaldì. Si diceva che queste due persone forse erano una sola e che si trattava di un uomo magnanimo e saggio, che aiutava gli schiavi.

In realtà non incontrai mai un numero così alto di schiavi come la leggenda narrò e poi la mia debolezza furono sempre le ragazze che in qualche modo liberai solo, o a patto che fossero, diciamo, gentili con me per qualche notte.

E che notti!

Anche qui l'etica e l'onore persero il valore nei poveri risvolti che la carne spesso reclama.

Gli uomini furono liberati per altri motivi: da un lato non vollero combattere a nostro fianco, dall'altro dovevano comunque essere nutriti e, liberandoli, questi problemi svanivano.

Liberai dunque gli schiavi per convenienza, non perché animato da sani principi.

Le violenze furono però incontrollabili e quello che non feci io lo fecero i miei uomini; piccoli gruppi divennero autonomi, tanto che l'omicidio poteva essere il passatempo di una sera noiosa vicino al fuoco.

Le ragazze furono violentate, ci furono saccheggi e, oggi, a malincuore ammetto che certe cose finsi di non vederle.

Per domare uomini tremendi dovetti dimostrare di essere peggio di loro.

Già state apprendendo, onorevole Carlo Lorenzini, che tipo di persona io sia diventata con il tempo; queste cose mi segnarono tanto che persi la misura e quando le narrerò dell'unificazione dell'Italia parlerò di un Joseph che negli anni si trasformò da ragazzo sognatore, com'erano i ragazzi del sud d'Italia, ad assassino e cioè come furono i piemontesi durante l'unificazione.

Fui io ad innescare il processo, io insegnai ai miei uomini ad avere senza chiedere e questo valse per tutto e tutti.

Certo si metteva a repentaglio la propria vita nei combattimenti, ma alle volte non fu neppure così: si trovava una capanna dove viveva una famiglia e tutto era di colpo nostro, famiglia compresa.

Per farmi rispettare dimostrai di essere più cattivo e spietato di loro.

Una sera, alquanto ubriaco, in quanto alternammo abbordaggi a festeggiamenti, riuscii a lasciare la città dove mi trovavo, perché avvertito del pericolo della Imperial Pedro, che era alla ricerca dei corsari con intenzione di arrestarli e così la guerra sarebbe potuta finire subito, sul nascere.

Ci avvisò un traditore per un rispettabile compenso.

Partiti, non ci accorgemmo del malfunzionamento della bussola, che ci portò fuori rotta verso gli scogli e le rocce all'altezza della punta nota con il nome de Jesús y María.

Che strana coincidenza, solo ora ci penso, una nave di banditi o pirati fermata da una punta che si chiamava "Gesù e Maria".

Essendo ancora ubriachi, io in particolare, questo peggiorò notevolmente la situazione e ci trovammo a naufragare in pochi istanti.

Voi, Lorenzini, avreste dovuto vedere un gruppo di poveri ubriaconi che annaspavano nell'acqua, una scena ridicola se non fosse che uno dei nostri, per sfortuna o ubriachezza, annegò.

Vi fu un momento di rassegnazione e pensai di arrendermi, ma tornai subito sui miei passi per preferire di saccheggiare la prima povera gente incontrata.

Ottenuti con difficoltà i viveri, il viaggio riprese; dovendo in qualche modo ovviare alla mancanza di una barca, rubata in seguito, utilizzammo una zattera mal costruita, con la quale affrontammo una lancetta, il Maria, e con i nostri mezzi di fortuna l'impresa parve assurda.

Il Maria salpò proprio con l'intento di catturare il bandito e i suoi uomini, voleva me.

Nel combattimento il timoniere incontrò la morte ed io venni ferito quasi mortalmente, perdendo i sensi.

La battaglia continuò con i rimanenti uomini, comandati da Carniglia, fino alla fuga. Io mi svegliai a cose fatte e venni acclamato come eroe.

Eroe?!

Non c'è da crederci: davvero non feci nulla, mentre gli altri avevano combattuto io ero lì a dormire.

Nel periodo che sto raccontando non avevo dimenticato il mio maestoso progetto per arricchirmi, solo lo avevo momentaneamente messo da parte.

Pensate, esimio Lorenzini, venni perfino imprigionato, seppur da eroe, e torturato: rimasi due mesi nel carcere di Bajada, dopo i quali mi rilasciarono malconcio, in pessime condizioni.

Fu il posto peggiore dove mai soggiornai. E dire che di cose ne vidi parecchie, ma mai come in quel posto.

I compagni di prigionia erano dei nemici terribili, pronti a colpire in ogni momento ed io così per loro.

Ci fu una combattimento tremendo, a mani nude, con morsi laceranti, per un ratto.

Sì... per un ratto, un topo schifoso putrido che io avevo catturato e con un morso in testa ucciso.

Mi stavo assaporando le carni, che in quel contesto sembravano una prelibatezza, quando fui aggredito alle spalle da uno che come me avrebbe gradito gustare quella pietanza, che in altre circostanze avrebbe fatto ribrezzo anche ai più miserabili, ma non a noi in quella circostanza.

Il topo diventava un cibo prelibato, da sgranocchiare come quelle pannocchie rosolate sapientemente dalla nonna sul braciere della cucina.

Presi un colpo in testa che mi fece mollare la presa, ma la mia reazione fu tremenda. L'uomo da aggressore si trasformò in vittima ed ebbe la peggio. Lo picchiai con una tale ferocia che di certo rischiò la morte e per ironia il topo fu mangiato da un terzo uomo che approfittò della situazione.

L'avrei punito nello stesso modo, se non avessi già sprecato le mie forze nel combattimento con il primo avversario.

Sono sicuro che tra di noi qualcuno pensò perfino al cannibalismo.

Il cibo che ci davano era probabilmente letame cotto o qualcosa di peggio.

In effetti posso dire di aver espiato qualche colpa nel peggiore dei modi.

Nel periodo che rimasi in carcere mai mi capitò di lavarmi.

L'acqua che bevevamo era marrone, color marrone scuro con un odore acido.

Alle volte, quando pioveva forte, entrava acqua piovana dalle finestre e sembrava manna dal cielo, ma non la si poteva raccogliere in qualche contenitore per poterla bere. Si beveva a mani unite, con la bocca aperta, direttamente dalla pioggia cadente, con il vento a favore.

I bisogni fisiologici venivano espletati, se mi è consentito di descrivere anche questo, nella cella stessa e di tanto in tanto si lanciavano fuori attraverso le sbarre dalla finestra, tanto per fare un po' di posto.

L'odore della cella e di noi stessi ormai su di me non faceva più nessun effetto.

Peggiorai nel fisico e nello spirito: alcuni mesi in una prigione del genere avrebbero cambiato chiunque.

Fu una prigionia tremenda in balia di topi di grosse dimensioni, che vivevano nei nostri giacigli, con malattie di ogni tipo e torture.

Il tempo ebbe un valore diverso rispetto ad atri posti e ad altre situazioni, tanto che non mi resi conto di quanto durò la permanenza.

Ogni giorno era necessario resistere per sopravvivere: perfino l'aria sembrava un dono del cielo, anche se la nostra era maleodorante.

Un giorno, senza un motivo apparente, mi vennero a prendere dalla cella dove soggiornavamo... sì ho dimenticato di dire che in quel posto, nella stessa cella convivevamo in nove.

Temetti di essere giustiziato ed invece fu una cosa totalmente diversa e davvero inaspettata: mi tagliarono i capelli, infestati di parassiti, e così la barba, mi lavarono accuratamente e venni anche cosparso di olio profumato per lenire le profonde abrasioni che con lo sporco si erano formate.

Fui rivestito con abiti puliti: mi sembrò davvero che da un momento all'altro mi sarei svegliato di nuovo in cella ed invece addirittura mi fecero fare un pasto decente.

Parlai con un graduato, oggi non ricordo di chi si trattasse, ma in sintesi mi comunicò che erano arrivati ordini e che in base ad accordi io dovevo essere liberato; così fu.

Raggiunsi a Paranà Guazù i miei conoscenti Rossetti e Cuneo e appresi, tramite i loro racconti, dell'arresto di Cris Picasso.

Non so quali accordi fossero stati presi, ma evidentemente mi ritenevano importante e volli verificare di persona.

Nel maggio del trentotto intrapresi dunque un lungo viaggio a cavallo ed arrivai a Piratini: mi dissero in seguito che la tratta che avevo percorso era stata di oltre cinquecento chilometri.

Giunto in quella città ebbi l'occasione di conoscere personalmente il famoso ed ammirato Bento Gonçalves e ne rimasi affascinato.

Caro Lorenzini, cosa posso raccontarvi di Bento Gonçalves da Silva? Magari ne sapete più di me oppure no... non so... posso dirvi che mi piacque, perché come me volle fare qualcosa di grandioso, volle farsi uno Stato tutto suo per governarlo. ·

Tentò infatti di staccare una zona, anche ampia, del Brasile per farla diventare indipendente e si autoproclamò Presidente, anche se in realtà fu un comandante, un militare.

Avrei potuto imparare da lui a essere un governante, a farmi uno Stato apparentemente democratico, tutto mio.

L'Italia si stava formando, ma chi sarebbe dovuto diventare italiano non ne era a conoscenza. Stavo raccogliendo elementi, idee, esempi e il mio carattere si plasmò in modo tale che mi avrebbe permesso in seguito di avere, come oggi modernamente si dice alle soglie del novecento, il pelo sullo stomaco.

Tornando a Bento, visto che lavoravo per lui e per la sua causa, in quanto Presidente dello Stato sarebbe dovuto essere anche il mio Presidente, ma io lo vidi solo come un datore di lavoro.

Ricominciammo così da zero visto che l'inizio non aveva dato i frutti sperati.

Venne organizzato un cantiere navale lungo il fiume e venne nominato a capo dei lavori un altro uomo di fiducia, tal John Griggs, di origini irlandesi, mentre io fui nominato comandante della flotta.

È probabile che il Presidente ci avesse barattato con altri nemici prigionieri perché aveva bisogno davvero di qualcuno che l'aiutasse in quella impresa.

Se avessimo infine vinto saremmo stati ricordati come patrioti ma anche John non fu mai appartenente a quel posto: fu solo un mercenario irlandese.

Ricordo due grandi barche costruite con un legno scuro: il Rio Pardo, dove m'imbarcai per comandarla, e l'Independencia, il cui equipaggio contò complessivamente circa sessanta persone, tra cui l'amico Edo Mutru e Carniglia.

Partimmo alla fine di agosto del trentotto e riuscimmo, non si sa come, a superare lo sbarramento posto dalle navi nemiche, che oltretutto era di discrete dimensioni, grazie all'aiuto di molta fortuna e, diciamola tutta, un poco di corruzione.

Eh Lorenzini, o Collodi che vogliate esser nominato, la guerriglia andò avanti sempre così: qualcuno pagava, qualcuno tradiva, qualcuno era fortunato, altri no... e così scambi, corruzioni, pagamenti, ancora battaglie e la ruota girava, male ma girava.

Come poi accadde in Italia, seppur con l'aggravante che nella famosa Unificazione fu tutto contro e a sfavore del sud. Assolutamente tutto, senza eccezioni.

Un giorno, all'inizio di settembre, avvistammo due navi nemiche: una fuggì mentre l'altra, un'imbarcazione chiamata Miniera, si arrese. Ricordo ancora la misera bandiera bianca fatta di stracci.

Voi professore avete vissuto mai questa onta? Certe cose non si dimenticano... non vorrei che la mia memoria cominciasse a fare brutti scherzi... è passato molto tempo.

Sì, alcune cose non le ricordo bene, ma abbiate pazienza, sono davvero molto vecchio, stanco e malato.

Ricordo il proseguirsi di piccole battaglie prive di particolare significato fino ad un grido, che ancora mi risuona in capo: è sbarcato il Moringue.

Il Moringue era un tipo ben peggiore di noi, un feroce ed implacabile colonnello brasiliano al quale venne impartito l'ordine di eliminarmi. Si diceva che si nutrisse di carne umana.

Noi tuttavia sventammo l'imboscata, nonostante i nemici fossero favoriti come numero e dalla nebbia.

Mah non so a dire il vero. La nebbia, come la notte, spesso da elemento a favore si trasforma in un nemico imprevedibile e non si riescono a svolgere i programmi come pianificati.

Affrontammo quel centinaio di uomini inviati e li costringemmo alla ritirata: una vittoria divenuta poi celebre con il nome di Battaglia del Galpon de Xarqueada.

Galpon, Gappon o qualcosa di simile: ne ho fatte tante che non è possibile ricordare.

La vittoria venne ufficializzata dal rapporto del ministro della guerra al parlamento brasiliano e quella volta non fu propaganda, ma fu il nemico a parlare della nostra, presunta, gloria.

Forse il loro scopo fu quello di parlare della pericolosità del nemico, non saprei; fatto sta che fu per noi un attestato di valore e molti ci ammirarono.

In quel momento pensai di essere divenuto riograndese o qualcosa del genere invece che francese, figuriamoci italiano.

Il mio progetto in quel momento era quello di so-
stituirmi, trovando una giusta occasione, a Bento
Gonçalves da Silva: sarei potuto essere il presidente
Riograndese.

D'altro canto ero uno dei suoi uomini più fidati e
il più pagato, e da lì ad essere presidente mi sarebbe
mancato poco.

Partecipai quindi, in qualità di capitano tenente, alla campagna che portò alla presa di Laguna, il cui comando venne affidato al colonnello Canabarro, della
capitale dell'attigua provincia di Santa Caterina.

Per lungo tempo le piogge caddero incessantemente
e per noi fu un momento fiaccante; mi ammalai dei
miei reumatismi, che mi penalizzarono nel corso di
tutta la vita.

Troppa e continua umidità.

La tattica utilizzata fu unica: risalire un fiume insi-
dioso, il Capivari, ingrossato dalle ultime piogge, facendo avanzare le navi per via terra con l'aiuto di due
carri preparati dentro alcune fosse, trainati da uomini
e animali, fino a giungere alla laguna di Thomás José
e scendere dal Tramandai.

L'idea, per quanto apprezzabile, non fu mia e fu una
fatica disumana.

Per tale progetto vennero scelti i due nuovi lancioni: Farroupilha su cui impartivo io gli ordini e il
Seival, al cui comando si ritrovava Griggs, l'ubriacone
irlandese.

Furono un ripiego, erano imbarcazioni ridotte piuttosto male, che a malapena galleggiavano: sembravano di sughero invece che legno.

La mia nave si rivelò troppo pesante: il timone si spezzò e la nave di conseguenza si rovesciò. Era la metà luglio.

Devo ammettere, davvero con vergogna, che se contiamo i casi in cui mi arenai, che ebbi sfortuna, che mi arresi, che mi ferirono... furono più le volte che mi andò male piuttosto di quelle dove dimostrai valore... senza contare le volte che fui arrestato.

Durante la tempesta annegarono, fra gli altri, Mutru e Carniglia.

L'assalto venne condotto comunque con l'unica barca rimasta, il Seival, più piccola ma più sicura, comandata da me stesso; di fronte un brigantino e quattro lancioni.

Ci dirigemmo verso sud, portando le inseguitrici, consistenti in due imbarcazioni, il Lagunense e l'Imperial Catarinense, in una trappola banale ma certamente efficace.

I nostri soldati, nascosti nella fitta vegetazione, assaltarono, anche all'arma bianca, le navi e le conquistarono; vennero poi utilizzate per distrarre gli altri mezzi marittimi, Santa Ana e l'Itaparica, che si arresero, mentre il brigantino rimasto fuggì pavidamente, senza battere colpo.

Devo ammettere che non si trattò di fine strategia, ma che gli avversari erano davvero poco organizzati e dei vili.

Ebbi una visione, in quella situazione particolare: quale soave sorpresa, vidi una donna fantastica.

Una ragazza mora, giovane e molto, ma molto attraente.

Per mia fortuna, nel trentanove, appunto, conobbi dunque Ana Maria de Jesus Ribeiro da Silva, a Laguna.

Qui, Carlo Lorenzini, vi devo distrarre certamente dalle mie azioni per descrivere il rapporto fantastico che ci fu con Annina, la mia Annina.

Molte cose si dissero, molte lei stessa le disse a me diversamente in circostanze particolari e pertanto neanche io seppi mai e mai saprò la verità.

Sono certo che mi piacque al primo sguardo, anche da lontano, e che poi l'amai fortemente per alcuni anni.

Il nostro rapporto però nel tempo subì alcune battute d'arresto e, anche se provai un dolore tremendo quando morì, in realtà il nostro amore si era raffreddato già prima.

Per quel che seppi, Ana Maria nacque il 30 agosto del ventuno in Brasile a Morrinhos, una frazione di Laguna, precisamente in quello che all'epoca era lo stato di Santa Caterina.

Era figlia di un allevatore del posto, tal Bento Ribeiro da Silva, detto "Bentòn", e di sua moglie, donna Maria Antonia de Jesus Antunes; ebbe due sorelle e tre fratelli. Da quelle parti avevano tutti nomi legati alla religione.

La bambina, poco dopo la nascita, fu battezzata Ana e chiamata in famiglia Aninha, diminutivo di Ana in lingua portoghese.

Non so chi inventò quel soprannome, ma a me "Anita" non piacque, preferivo chiamarla "Annina"...

forse però, ripensandoci, pronunciai sempre male la parola "Annina" a causa di un dente rotto che mi provocava difetto di pronuncia... e magari si trattò di un grossolano malinteso.

Il dente rotto e la cadenza spagnola, che tentai spesso d'imitare, da "Annina" ad "Anita" il passo fu breve.

Non solo: molti anni dopo, lo leggerete in seguito, ebbi una figlia con una delle mie innumerevoli compagne, che venne chiamata Anita ma fu una scelta della madre, non mia.

Si disse che lo feci alla memoria della mia Annina, ma così non fu.

Desidero raccontarvi di Annina in quanto seppi poi da altri che tutti credettero che lei fosse stata il grande amore della mia vita, ma a ben essere precisi fu "un" grande amore ma non l'unico e non per sempre.

Vi racconto questo in modo che tramandiate la verità: nello specifico lei, Annina la mia Annina, con l'Italia non c'entrò nulla.

Arrivò in Italia come mia moglie, insomma come la mia donna in quanto il nostro non fu mai un matrimonio regolare, ma lei era destinata, se io non mi fossi messo in mezzo a una vita diversa in un posto diverso... il suo luogo era proprio dove la conobbi.

Si raccontò, lei stessa spesso me lo descrisse seppur in modo diverso di volta in volta, che fosse amante della natura e che presto, ancora bambina, avesse imparato a cavalcare.

Si narrò in particolare, e me lo dimostrò più volte, che amasse fare il bagno nuda nel mare, senza curarsi della reazione scandalizzata degli abitanti della località.

Annina era una selvaggia. Un animale selvaggio e meraviglioso che attirava gli uomini.

Fu la madre, rimasta precocemente vedova, che la indusse, diciamo meglio obbligò a sposarsi presto.

All'epoca infatti una ragazza che si comportava così, specie anche molto attraente, creava disappunto dalla comunità dove viveva e gli uomini adulti ne venivano distratti.

Le loro mogli si adiravano e di conseguenza c'era sempre accanimento contro Annina e sua madre.

Per porre fine a maldicenze, in parte vere ed in parte presunte, la madre dunque la obbligò a sposare un calzolaio di Laguna, Manuel Duarte de Aguiar.

Il matrimonio fu nel mille ottocento... si nel trentacinque: il giorno stesso in cui la giovane compiva quattordici anni. Pensate era poco più di una bambina.

Figuratevi una giovane ragazza di quattordici anni: aveva già delle storie alle spalle. Vero? Leggenda? Non si sa e mai si saprà.

Diciamo invece che la nostra unione, matrimonio simbolico, fu voluta da entrambi, ma per motivi diversi.

Io in lei vedevo una bella ragazza giovane, di quelle che piacevano a me e in seguito me ne innamorai per il suo temperamento e il suo carattere.

Per lei fu diverso: Annina vedeva in me un protagonista, anzi il vero protagonista della rivoluzione, e vicino a me lei stessa sarebbe stata una protagonista.

Cominciò la rivolta farroupilha, ossia quella chiamata la rivolta degli straccioni.

La sommossa popolare segnò in modo indelebile l'animo di Annina, che guardava con ammirazione i ribelli, sognando di poter un giorno essere al loro fianco, mentre lei era sposata con l'anziano calzolaio.

Capii che comunque ebbe diversi uomini nel frattempo, cioè tra il calzolaio e me.

Dopo alcuni anni, quasi quattro, i rivoluzionari conquistarono momentaneamente la città e gli abitanti di Laguna si recarono in chiesa per intonare un "Te Deum" di ringraziamento al Signore: un inno di gioia per come stavano evolvendo le cose.

La ragazza era tra loro e quando uscì dalla chiesa ci fu l'occasione dove io prima la vidi e poi la incontrai di nuovo il giorno dopo e lei già sapeva che ero un comandante, una persona di valore.

Per parlare del temperamento di Annina, onorevole Collodi, vi devo citare, a costo di crearvi confusione cronologica, due episodi in particolare.

Il primo risale al quaranta nella battaglia di Curitibanos. Annina in quel caso cadde prigioniera delle truppe imperiali brasiliane e il capitano avversario, colpito dal temperamento della giovane come lo fui io, le concedette di cercare il cadavere del marito sul campo di battaglia, in quanto Annina raccontò di averlo visto morire.

Certamente anche questo capitano si invaghì della bella giovine, ad altri infatti non l'avrebbe permesso.

Annina, approfittando della distrazione delle guardie, saltò su un cavallo e fuggì per ritrovarmi a Vacaria. Una donna davvero straordinaria.

Il secondo episodio accadde solo pochi giorni dopo la nascita di Domenico, il nostro primo figlio.

Annina sfuggì a una nuova cattura.

I soldati imperiali circondarono la nostra casa dell'epoca, uccidendo gli uomini che avevo lasciato a protezione e cercarono di catturarla.

Annina, con il neonato in braccio, uscì e scappò nella foresta, dove rimase nascosta nella vegetazione per quattro giorni, senza viveri e con il neonato al petto, finché per fortuna io e i miei uomini non la trovammo. Si nutrì di vermi e poco altro.

Tornando al fatto della guerra, in concomitanza con l'incontro con Annina venne conquistata Laguna e venne proclamata la repubblica Catarinense.

Ero così un conquistatore e avevo con me la ragazza più bella del mondo: non potevo certo chiedere di più e il progetto "Italia" per un poco rimase a dormire.

Gli imperiali inviarono un maresciallo, un tal De Souza Suares, con una flotta per riprendersi il maltolto e nei primi scontri venne ucciso Dutra, uomo a cui lasciai il comando del resto della flotta. In pratica si trattava del mio vice.

Presi così il comando della Libertadora, rinominata Rio Pardo, sognando di erigermi a regnante, mentre il Seival fu affidato al bravo, ma poco efficace, Valerigini.

Occorsero arrembaggi, ma vicino alla laguna fu preparato un blocco navale, creato dagli imperiali. Per superarlo s'inviò una sumaca per distrarre le navi nemiche, che partirono all'inseguimento lasciando il resto della flotta libero di dileguarsi.

Sacrificammo quei poveri ragazzi che fecero da esca.

Vi rendete conto ora, ammirabile Lorenzini, che nulla feci per essere d'esempio? Mai meritai il termine di eroe dei due mondi? Ma che razza di persona sacrifica le vite altrui per meritarsi d'essere chiamato eroe? Di solito dovrebbe essere il contrario, l'eroe è chi si sacrifica per gli altri.

Pensate una storia buffa: al ricevimento dove vi ho conosciuto ho sentito alcuni che dicevano che mi sarebbe stata dedicata una via: una via con il mio nome Joseph Marie Garibaldì, una piazza con il mio nome, forse con una fontana.

Immaginate? Immaginate una piazza con il mio nome?! Mi sembra una cosa assurda: una dedica deve avvenire solo per chi ha fatto solo del bene, in modo disinteressato, al limite per chi ha fatto qualcosa di divertente come voi; magari un giorno ci sarà una via dedicata a voi, Lorenzini, o magari sarà a nome di Collodi, il nome che avete scelto… sì, perché a inventare storielle per fanciulli certo non avete fatto male a nessuno.

Io invece ho fatto morire tante persone, ho incentivato crimini ed altri se ne sono creati anche senza che volessi, ma tuttavia non ci sarebbero stati se io me ne fossi stato a far pascolare ovini.

Credo che né ora né mai nessuno dovrebbe intestarmi una piazza e neppur senza fontana: sarebbe un insulto ai morti e quando saprete la storia vera dell'unificazione anche voi ne prenderete definitivamente consapevolezza.

Tornando alla mia storia, fu presto l'inizio di novembre e l'esercito imperiale, forte di molte navi di buona fattezza e molti cannoni con alcune centinaia di uomini, riconquistò la città e noi, dopo aver incendiato le navi senza che i soccorsi richiesti fossero giunti, scappammo.

Ricordo solo ora che anche Griggs venne ucciso come un animale; sorte che sarebbe potuta capitare a me ugualmente: peccato, in fin dei conti, mi era anche simpatico.

Sulla terraferma la guerriglia continuò e furono i primi veri combattimenti a cui partecipai: a metà dicembre del trentanove, a Santa Vittoria, attaccai deciso, con i miei marinai, il nemico e lo costrinsi alla ritirata. Ci furono dei momenti in cui non mi fu neppure chiaro chi fossero i nemici e chi gli alleati.

Con l'anno nuovo ci spostammo fino nei pressi di Vacaria e poi di nuovo al Rio Grande. Annina fu sempre presente con noi, perché lei credeva in questa causa molto più di me.

Nell'aprile del quaranta si radunarono i due eserciti nei pressi del fiume Taquari; oltre quattromila imperiali, al comando del generale Rodriguez, che avrebbero affrontato i nostri tremila riograndesi, ma la battaglia non avvenne, almeno in quel momento.

Successivamente si decise di attaccare do Norte, punto strategico di rifornimento.

L'ammiraglio Greenfell inviò i rinforzi, allorché io ebbi l'idea di bruciare la città, che però non venne accolta; una volta fuggiti venne ucciso un altro mio riferimento importante: il caro Rossetti.

La strategia non fu mai chiara né da una parte né dall'altra: si pensò spesso alla battaglia spicciola della giornata, senza lungimiranza.

Questo mi fece riflettere: non ero regnante, neppure conquistatore né tantomeno appartenente a quello stato. Mi tornò allora in mente prepotente il progetto "Italia", in quanto questa guerra sarebbe terminata presto con un insuccesso clamoroso. Non sarei mai rimasto in quel luogo, dovevo trovare un motivo per sfilarmi e l'Italia poteva essere quello giusto.

In effetti, mio caro Lorenzini, vi confido che era una fissazione nei momenti di riposo, nei momenti di noia.

Il progetto Italia mi tornava in mente quando non avevo da combattere o da spassarmela con le ragazze.

La guerra, almeno quella guerra, per me terminò dunque in quel momento.

Non mi fu neppure chiaro se si trattò di vittoria o di sconfitta, ma a quel punto considerai conclusa quella esperienza, ne ebbi abbastanza.

Mi resi anche conto che, seppur con una minuscola frattura, si era incrinato il rapporto con Annina; forse non mi vide più come uomo indistruttibile o forse anche lei si stancò.

Giunto a San Gabriel, mi venne concesso di recarmi a Montevideo e di portarmi mille capi bovini come bottino di conquista e pertanto, ricevendo il premio, pensai di aver persino vinto.

Riuscii a farne partire circa novecento ma, con tutti quei chilometri, dei quali forse ne percorsi più di cinquecento, ne perdetti la maggior parte. Due o trecento giunsero a destinazione nel giugno del quarantuno, anche a causa dei ripetuti furti di mandriani infedeli. Come succede, il ladro deruba il ladrone.

Inoltre gli animali rimasti non erano in ottime condizioni, il viaggio li aveva segnati.

Scusate se salto di palo in frasca, ma è importantissimo paragonare la questa guerriglia, che ho appena terminato di descrivere, con il massacro sistematico che portò l'invasione del Regno delle due Sicilie.

Ci fu una differenza enorme.

Questa guerriglia partì dalla rivolta degli straccioni: erano uomini che pretendevano di mangiare di più o meglio, di avere vestiti migliori, tutto qui, ma non di distruggere dopo aver derubato nel nome di uno Stato comune.

Gli straccioni di questa guerra volevano la libertà e il pane, i piemontesi, vi anticipo, vollero distruggere il sud dell'Italia. Vollero distruggerlo per poter prendere tutto il possibile.

L'invasione di quella che poi volle essere chiamata Italia fu un progetto diverso, fu l'intenzione di annientare un popolo, di reprimerlo, di soggiogarlo, di renderlo nullo e portargli via assolutamente tutto.

Fu l'intento di levare ciò che negli anni ognuno aveva messo da parte, a cominciare dal ricco signore, che magari aveva nascosto dell'oro, fino al piccolo ed insignificante contadino, che possedeva tre capre. Quelle tre capre sarebbero dovute diventare italiane, anche controvoglia; se così non fosse stato sarebbero potute morire le capre ed anche il contadino come poi, in molti casi, accadde.

È per questo, malgrado che il mio obiettivo sia svelare la verità sulla vicenda italiana, che parlo anche dei precedenti, in modo che si possa fare un confronto e si possa capire la ferocia con cui fu condotta e quanta altra tragedia portò.

Fu così che, giunto a Montevideo, trovai una città con territori circostanti popolata da molti, veramente molti abitanti.

Tra questi francesi e italiani, tra spagnoli e argentini.

Solo le quattro comunità straniere più numerose sommavano oltre la metà della popolazione, ma voi che siete anche giornalista meglio potrete snocciolare questi numeri, magari creando un elenco minuzioso a disposizione di chi vorrà non solo sapere la verità, ma anche curioso di dettagli.

In quel periodo, tra il quaranta e il cinquanta circa, a Montevideo si trovavano oltre seimila sudditi sardi, per la maggior parte immigrati legalmente. Molti altri, invece, giunsero in Uruguay senza visto o imbarcati per la fittizia destinazione di Gibilterra e poi abbandonati per proseguire verso un ignoto che non prevedeva regolarizzazione e non garantiva futuro. Si trattava di gente che non aveva più un posto dove vivere, oppure che era ricercata.

Su questa immigrazione se ne innestò una diversa, che aveva a disposizione denaro e ricchezze, a volte di dubbia provenienza.

I francesi e gli inglesi furono spesso in grado di acquisire molta terra, praticamente feudi, tenute che non di rado si misuravano in migliaia di ettari.

E poi vi rendete conto: seimila sardi?! Seimila uomini provenienti solo dalla Sardegna?! Praticamente una piccola Sardegna.

Molti immigrati, non mi riferisco ai sardi, furono tuttavia anche feroci banditi.

Gli stranieri portarono uomini ed in seguito ricchezze, per questo lo Stato con loro fu permissivo e scese a patti in cambio dell'aiuto che avrebbero assicurato.

Così giunsero prima i francesi e poi i brasiliani, per aiutare l'Uruguay contro l'invasione argentina.

Altri aiuti interessati furono offerti, anche con generosità, dalle varie comunità straniere. Si formarono così vari gruppi, vere e proprie legioni: gli spagnoli, i francesi ed anche gli italiani ebbero la loro legione.

In questo ravvedo una somiglianza con quanto accaduto in Italia e vi spiego meglio.

In questo caso la guerra nacque con l'appoggio di "estranei ai fatti" per altri interessi; in Italia accadde la stessa cosa. Perché qualcuno dovrebbe partecipare a una guerra senza avere il minimo interesse?

A proposito di stranieri, con voi Lorenzini potrei parlare in francese, visto che mi è giunta voce che traduceste molti scritti. Invece tento d'usare la vostra lingua come atto d'umiltà nei vostri confronti ed anche nei confronti di un popolo che non ho amato e neppure meritato. Oggi, per quanto se ne dica, la mia lingua è il francese.

Detto questo proseguo nel dirvi che fui ancora coinvolto in una causa sudamericana e misi da parte il lavoro di allevatore per mancanza di bestiame. Fui arruolato nella marina uruguayana, dove mi fu conferito, ma non so per quale motivo, il grado di colonnello.

Avete appreso in quanti Stati già, e non ho finito il mio percorso, fui considerato un "patriota"?! Vi rendete conto di quale eresia si parlò e si parla tutt'ora?! Come si fa ad essere patriota di cento Nazioni?!

Beh, suvvia, non vorrei perdere il filo logico delle cose: mi venne affidata una missione e una volta partito da Montevideo via mare, sarei dovuto penetrare nel Paraná fino a Bajada e poi portare il bottino preso dalle navi incrociate a Corrientes, una missione definita suicida.

Confesso subito: se davvero di suicidio si fosse trattato, non l'avrei fatta; mi interessò avidamente, anche questa volta, il bottino.

Poi ci fu un altro fatto, che animò la mia sete di vendetta: la missione sarebbe dovuta arrivare fino a Bajada, dove ero stato in carcere, e mi sarei procurato una vendetta che avevo intenzione di assaporare con gusto, uccidendo un po' di uomini, anche a caso.

È importante segnalare tutto quello che feci fuori dalla penisola italica per rappresentare un quadro preciso di quanto fossi interessato alle occasioni che potevano diventare propizie. Se fosse accaduto qualcosa che mi avesse trattenuto per sempre in un paese, la storia di milioni di uomini sarebbe stata diversa.

Ribadisco, la storia di milioni di uomini sarebbe stata diversa se io avessi allevato capre!

Spero che voi, Lorenzini, siate ingolosito da queste mie dichiarazioni, mi illudo che vogliate leggere al più presto di questo grandioso progetto, tanto quanto io sono motivato a raccontarlo, anche se poi resterete colpito da tutto il male che portò e che, son convinto, sta ancora creando.

Generazioni e generazioni future pagheranno queste malefatte con fame e sofferenze che potevano essere evitate.

Dunque, malgrado la nascita dei miei figli, con sempre la stessa donna, la vita cominciò a sembrarmi noiosa.

Amai davvero Annina, ma anche altre ragazze. Ne ero ingolosito: mi bastava guardarle per desiderarle. Non so a voi, scusate la mancanza d'eleganza, ma le donne non mi mancarono mai.

E così, annoiato, eccomi di nuovo per mare.

Ricordo tre navi: Constitución, imponente, con una ventina di cannoni peraltro piuttosto malandati, comandata direttamente da me; le altre due furono il brigantino Pereyra, comandato da Urioste, e la goletta mercantile Procida, da Luigi De Agostini. Partimmo alla metà esatta del quarantadue.

Questa guerra in sud America, quella che sto descrivendo, ebbe le sue ingiustizie ma fu guerra; una guerra combattuta da nave a nave, con i cannoni, con strategie, non fu come la conquista dell'Italia dove vennero uccisi, massacrati, paesi interi senza che ne conoscessero neppure il perché.

Questa fu una vera guerra, anche se con ingerenze straniere per interessi economici.

Durante il viaggio la Constitución si arenò e mi pare equo fare ammissione di colpa: che razza di comandante, di ammiraglio o anche di semplice marinaio avrebbe potuto fare altrettanto?! Mi viene anche fastidio nel ricordare: ancora un insuccesso.

Ci soccorse il Procida, nave più piccola e robusta, mentre gli argentini sopraggiunsero in gran forza; era quel gran bastardo dell'ammiraglio Brown, quel maledetto di Guglielmo Brown... William, insomma, al comando di sei o sette navi. Una di esse, la Belgrano, si arenò come la mia.

Non erano solo argentini: era un gruppo prevalentemente argentino ma con varie piccole comunità che, come noi, si erano unite per denaro e ambizione.

Magari ci furono, per fare un esempio, dei sardi da una parte e dei sardi dall'altra, fratelli contro fratelli pagati per uccidere gli avversari.

È una cosa simile a quanto accadde in Italia: ci uccidemmo tra fratelli.

Grazie alla nebbia riuscimmo a fuggire. Brown ci inseguì ma su una rotta errata.

La navigazione continuò nel Paraná ed arrivammo come da programma a Bajada a metà luglio.

Continuammo il viaggio superando il porticciolo, che era poco più di un cumulo di scogli, di Cerrito. Le navi di Brown ci raggiunsero vicino alla Costa Brava: da una parte tre brigantini e quattro golette con alcune centinaia di uomini, cinquecento ma forse anche di più, e una cinquantina di cannoni anche di buona fattura.

Dall'altra parte, cioè il mio gruppo, potevamo contare su due delle tre navi in quanto la Procida si distaccò precedendoci a Corrientes, una trentina di cannoni e circa trecento uomini. Entrambi potevamo disporre di imbarcazioni minori, che portarono un aiuto modesto.

Il mio problema fu anche farmi capire perché i miei uomini parlavano e comprendevano lingue diverse. Si dice oggi legione italiana, ma si trattò di un gruppo misto.

A metà agosto quel gran figlio di una cagna iniziò a fare fuoco. Risultarono inutili i tentativi di resistenza. Urioste cercò di portare lo scontro sulla terra ma venne sconfitto, mentre Villegas con il suo gruppo fuggì vigliaccamente.

Dopo alcune giornate di combattimenti fu appiccato il fuoco alle navi e alcuni degli uomini saltarono in aria con esse.

Mi trasferii prima a Goya e, dopo vari spostamenti, a metà novembre a Paysandù; qui ricevetti l'ordine di compiere alcune azioni militari, delle quali non percepii l'importanza.

Venni poi richiamato a Montevideo, ma dovetti prima bruciare la flottiglia che comandavo, senza saperne il motivo: gli ordini sono ordini, anche quando sei pagato.

Ci fu davvero molta confusione ed ebbi addirittura il dubbio, voi Lorenzini non giudicatemi un asino da soma, che gli ordini mi fossero impartiti dalla parte opposta.

Per un momento ci furono battaglie di tutti contro tutti, tanto che alcuni uccisero i propri compagni senza saperlo.

Pochi giorni dopo venne respinto un primo tentativo del generale Oribe. L'assedio iniziò a metà febbraio del quarantatré o giù di lì.

Alla fine di aprile, dopo aver rinforzato l'isola dei Topi, mi ritrovai di fronte nuovamente Brown.

L'ammiraglio si affidò a due brigantini e due golette, io a due imbarcazioni con un cannone ciascuna... una cosa da poveracci.

Brown contro Garibaldì. Garibaldì contro Brown.

Insomma fu tutto un combattere, un susseguirsi di piccole vittorie e forse di grandi sconfitte e nella maggior parte dei casi Annina mi fu vicina, le feci sopportare cose inutili; spesso affidò i figli ad altri. Se avessi scelto di fare il contadino non l'avrei sacrificata e sarei stato vicino ai miei figli.

E poi i figli non son certo pappagalli che quando sono piccini ci si diverte a sentire delle parole dalla loro voce: i miei figlioli furono proprio trattati da pappagalli senza il minimo rispetto, ma loro mi ripagarono bene con la stessa moneta, perché proprio come i pappagalli, che tanti ne vidi in sud America, volarono via alla prima occasione.

Comunque sia, alla fine dell'anno presi il comando della Legione Italiana. E qui si parlò di assegnare delle terre ai combattenti.

Forse, ma non lo ricordo con certezza, ebbi in cuor mio il desiderio di fermarmi ancora una volta, fu solo un attimo; la mia ambizione mi voleva più importante di un semplice coltivatore.

Dopo piccole vittorie conseguite, rifiutai in una lettera la proposta fatta dal generale Rivera di regalare alcune terre ai combattenti, in quanto avrei voluto fare un mio piccolo Stato personale. Ancora una volta mi mostravo superbo ed ambizioso.

Peraltro la terra da assegnare a ciascuno sarebbe stata modesta.

Io però credevo davvero che sarei potuto essere un regnante. Il mio nome, con la legione Italiana, era famoso e poteva esserci spazio per il mio progetto. La guerriglia quindi continuò.

Si cercò di far finire l'assedio. Si opposero, senza successo, gli ammiragli della parte opposta mentre Brown si ritirò: tempo dopo mi volle anche salutare. In realtà eravamo simili, con tutti i nostri difetti, e ci rispettammo.

Nell'agosto del quarantacinque iniziai ad aprirmi un varco, con l'intenzione di conquistare porti nemici mentre comandavo due brigantini: il "Cagancha" e "il 28 de marzo", con cento uomini in tutto, e altre imbarcazioni minori.

Dopo aver preso l' isola del Biscanio e Gualeguaychù si aggiunse la goletta francese Eclair, al cui comando vi era Morier e si giunse davanti a Salto, occupata dagli uomini di Manuel Lavalleja.

Sconfitto da Francesco Anzani, Lavalleja abbandonò la città che occupai io.

Forse avrei potuto cominciare da qui per fare il mio regno, ma i miei ricordi sono confusi: è passato tanto tempo.

De Urquiza iniziò l'assedio alla cittadina all'inizio di dicembre ed io, all'inizio di gennaio del quarantasei, ottenni la mia prima vittoria contro gli assedianti, attaccando di notte.

Il generale Anacleto Medina intanto giunse a dar man forte con i suoi cinquecento cavalieri. Io cercai di affrontarlo nel migliore dei modi con i legionari e gli uomini guidati dal colonnello Bernardino Baez, ma venimmo colti di sorpresa.

Gli uomini trovarono riparo nei resti di una specie di castello, dove ci organizzammo sparando solo a vista, fino a quando le munizioni stavano per terminare e, in seguito, con la baionetta. Dopo molte ore di combattimento ordinai la ritirata, dato che non c'era null'altro da fare.

Si contarono decine di morti a cui si aggiunsero molti feriti.

I morti vennero raccolti e seppelliti in una fossa comune su cui venne piantata una bandiera in loro onore. La bandiera era, contrariamente alle leggende raccontate, una casacca di molti colori, un indumento.

Fu scelta perché, essendo multicolore, rappresentava i ragazzi di molti paesi.

Rimasi, costretto dagli eventi, a Salto per diversi mesi, respingendo ogni attacco.

Gli attacchi non erano invero efferati e frequenti e non fu difficile resistere.

Il vero problema erano le provviste: la fame ci avrebbe presto presentato il conto.

Tuttavia la leggenda si estese e si parlò delle mie gesta ancor di più: ormai la strada per il progetto Italia mi parve definitivamente spianata.

Mantenendo il paragone con la tragedia che ho intenzione di descrivere, quanti morti vide questa guerra in Sud America? Mille?! Cinquemila?!... Forse diecimila?! Può darsi... ma sapete voi, Collodi, quanti furono nel sud Italia? Secondo una mia stima, ed anche un conteggio di altri, le vittime per l'unificazione furono un milione!

Avete letto bene, un milione e vedremo il perché.

Il grande amore e l'attrazione fisica per Annina durarono per sei anni, tanto che in quel periodo pensai di lasciar perdere tutte le mie avventure. Ma il vento cambiò ancora una volta e la vita mi parve tutto ad un tratto pesante e noiosa.

Fu così che nel gennaio del quarantotto su di una nave diretta a Nissa, partimmo per fare ritorno a quella che oggi chiamo casa, insieme a Caprera.

E scoppiò la guerra d'indipendenza ed io mi trovai coinvolto, pur se controvoglia.

La guerra di Indipendenza e la spedizione dei Mille

Esimio ed illustrissimo Lorenzini, le guerre d'indipendenza possono sembrare la voce del popolo che si mosse spontaneamente. Esso in realtà fu spinto da abili mani, manipolatrici di popoli, il cui apice fu la spedizione nota come "dei mille".

Il Conte di Cavour ed io ne fummo artefici, complici e ruffiani.

Prima dello scoppio della guerra, mi pare nel marzo del quarantotto, Milano insorse contro gli invasori austriaci durante le famose "Cinque giornate".

Una Milano forse non del tutto consapevole d'essere spinta dalla nostra regia o, meglio, dai nostri amici inglesi e anche Venezia cacciò gli austriaci, proclamando la Repubblica di San Marco. In questo caso diciamo che fu ragionevole l'epilogo: se fossi veneziano e combattessi per la libertà perduta della mia terra farei bene forse a farlo, ne avrei motivo... ma l'unificazione, che vile porcheria.

Spesso abili registi sfruttarono il malcontento della gente per capovolgere le situazioni a proprio vantaggio.

Tuttavia è sempre il popolo che paga per tutti e, in questo caso, per un'Italia che nessuno volle davvero, si pagò davvero troppo.

Il re di Sardegna, Carlo Alberto di Savoia, a capo di una coalizione di Stati italiani, che furono alleati ma ben distinti, dichiarò guerra all'Austria, nell'intento di conquistare il Regno Lombardo Veneto.

Nelle prime fasi la guerra fu favorevole alle truppe guidate da Carlo Alberto, ma quando il Papa si ritirò dal conflitto poiché l'impero austriaco aveva minacciato uno scisma, cosa non conveniente all'astuto Regno Pontificio, la maggior parte degli Stati presenti ritirò il proprio appoggio all'impresa.

L'impero del Papa fu fortemente influente come nel corso di tutta la vita dello Stato Pontificio.

Rimase così solo il Piemonte sabaudo a combattere contro l'Austria, con maggior appoggio dell'Inghilterra. I nostri piani, i miei piani sembravano vicini al facile realizzo anche se, a causa di questa ribellione, il Piemonte si indebolì ed impoverì ulteriormente.

Dall'Inghilterra giunse appoggio economico di armi e addirittura di uomini, che si intrufolarono tra il popolo insorto.

Malgrado i morti e i sacrifici economici degli amici inglesi, non si combinò un granché in termini di risultati e la prima guerra d'indipendenza si concluse nel marzo dell'anno dopo con la sconfitta di Novara, cui seguì l'abdicazione di Carlo Alberto in favore del figlio Vittorio Emanuele II.

Nonostante la fine della guerra tra il regno sabaudo e l'Austria, le lotte continuarono in varie città per via, soprattutto, della fame e, anche in questo caso, seppur in modo sporadico, qualcuno approfittò della confusione e uccise i propri vicini di casa per derubarli, mai come poi accadde nella conquista del Regno delle due Sicilie.

Brescia resistette nelle note "Dieci giornate", Livorno non accettò la fine della Repubblica Toscana e fu sempre in agitazione, la Repubblica di San Marco continuò a difendersi dall'esercito austriaco, che puntava a privarla della sua indipendenza, e la Repubblica Romana fu attaccata da est dai francesi e da nord dagli austriaci, accorsi per ripristinare il dominio temporale del Papa.

Che poi ancora non capisco a loro del Papa cosa importasse davvero: forse era una scusa ed il Papa fu capace di corrompere e contrattare altre cose in cambio.

Il Papa trovò nella storia sempre qualcuno disposto a difenderlo e a difendere i suoi interessi. Beato lui, anzi, beati loro visto che di Papi ce ne furono anche parecchi. Mi piace Dio ma non la Chiesa in terra, anche se a Dio dovrò rendere conto molto presto.

Questo fu il quadro politico del momento e questo sarebbe potuto, e per me sarebbe dovuto, essere fucina per il progetto definitivo.

In sintesi, e ora è giunto il momento di arrivare al nocciolo della storia, Camillo Benso conte di Cavour diventò primo ministro del regno di Sardegna.

Il Conte ed io eravamo d'accordo con gli inglesi sul progetto di conquistare l'Italia. Consapevolmente ho scritto conquistare, non unificare.

Lo so voi, caro Lorenzini, strabuzzerete gli occhi fuori dalle orbite ma, seppur mal celato, fu proprio così: il progetto fu di conquistare e depredare l'Italia.

Unificare significa di comune accordo, allo scopo di dare agli unificati pari diritti e pari doveri.

Conquistare, invece, significa che una parte desidera prendersi quanto possibile dell'altra, imponendo doveri e privandola di diritti.

Questo fu! E fu nel peggiore dei modi: violenza, ferocia e crudeltà. L'Italia unificata ebbe, mal contati, un milione di morti.

Voi, Lorenzini, penserete che io sia un pazzo a descrivere questo e vi chiederete come è possibile che mille garibaldini, le famose camicie rosse, possano aver ucciso un milione di persone?!

Per raccontarci questo devo partire da lontano come ho fatto cominciando questo racconto.

Avete capito che io fui ambizioso, vizioso, opportunista dalle mie prime pagine; avete capito ora la formazione del mio carattere ed ora capirete perché la spedizione e così l'unificazione fu in realtà una carneficina che nessuno all'inizio avrebbe potuto prevedere, ma certamente avrebbe almeno potuto provare a far cessare.

L'Inghilterra voleva fermare il Regno delle Due Sicilie mentre il Conte ed io eravamo attratti dalla possibilità di arricchirci in modo smodato.

In che modo, vi chiederete?!

Il primo, certo scontato, doveva essere e fu il saccheggio.

Un'aggressione, un'invasione o cose simili giustificano poi il saccheggio; il saccheggio diventa inevitabile ed è tollerato specie se perpetrato nel nome del bene comune.

"Ma che male c'è?" ci chiedemmo il Conte ed io... il Piemonte è rovinato e morirebbero tutti di fame, là invece sono ricchi, "Chi potrebbe vivere con dieci capre ne ha venti... se andiamo giù e ne prendiamo la metà salviamo molte vite in Piemonte", fu una giustificazione accettabile secondo il nostro punto di vista.

Questo punto di vista, così articolato, fu del Conte e io pensai "Aiuto il Conte poi divento importante e ricco, mentre altri sono contenti: che male ci potrà mai essere?! Oppure: potrei diventare un governante, questa volta davvero!".

Il saccheggio fu perpetrato in modo subdolo e senza pietà contro tutto e tutti e nello stesso tempo da tutti.

Caro Lorenzini, se non avessi un grande rispetto per voi avrei già detto da tempo che il Conte Cavour ed io fummo davvero due grandi... ma lasciamo perdere!

Nessuno pensò che i piemontesi si rifugiarono dietro l'unificazione per poter fare qualsiasi cosa a chiunque in qualsiasi situazione.

Il Conte non ci aveva pensato neppure un momento ed io neppure, quando ci facemmo convincere dagli inglesi, ma successe di tutto anche tra fratelli, tra vicini di casa, approfittando di tutta quella confusione.

Cavour era consapevole del fatto che senza l'appoggio di una potenza europea non sarebbe stato mai possibile sconfiggere l'Impero Asburgico e iniziò ad attirare le attenzioni delle potenze continentali sulla questione italiana.

Lavorò in modo strategico per ingolosire gli inglesi, ottenendo il loro appoggio incondizionato. Cacciare dapprima gli austriaci avrebbe dato una parvenza di patriottismo all'unificazione prima ancora di annientare i Borboni.

Cavour come diplomatico... eh, sì come diplomatico fu davvero abile. Peccato che poi morì poco dopo e forse, non si sa, avvelenato da qualcuno vicino a lui.

Tornando alla ricerca della ricchezza, Cavour senza una nuova entrata sarebbe certo fallito, sarebbe stato cacciato e forse ucciso e così fu esaltato dall'idea di avere un'unica Italia.

Il Piemonte era davvero povero e non c'è dubbio che volesse unirsi al Regno delle due Sicilie, ma loro, quelli governati dai Borbone, l'avrebbero desiderato?!

Noi non volevamo uccidere o far morire così tante persone, volevamo depredare l'Italia per poi governarla e gestire ogni concessione ed ogni permesso, sotto il nome di democrazia, da un parlamento compiacente.

Avevamo addirittura pensato di deviare il corso di alcuni fiumi come il Tevere e l'Arno, per costruire case nuove al centro di Roma e Firenze; molte altre città avrebbero avuto lo stesso trattamento.

Oggi le città crescono all'esterno e i terreni seppur sconfinati hanno poco valore, ma vi immaginate avere terreni enormi, com'è il letto del Tevere, al centro di Roma?!

Non ci preoccupammo neppure di pensare che i fiumi deviati avrebbero potuto spazzare via altre città mietendo migliaia di morti.

L'idea grandiosa non doveva provare pena per nessuno altrimenti non avrebbe tollerato neppure i saccheggi. Ma mai avremmo potuto prevedere una tale fine: un milione di morti!

Lo dirò spesso in seguito ma non basterà dirlo all'infinito per averli di nuovo in vita: ci furono un milione di morti nel nome dell'Italia.

Certo che avendo parlato di ideali, di unificazione, di giustizia fu tutto più facile.

Facciamo, caro Lorenzini, un piccolo esempio: abbiamo freddo e vediamo un albero vicino ad una casa.

L'albero non è nostro, è di quelli che abitano nella casa, ma abbiamo freddo e ci sentiamo in diritto di tagliare l'albero per fare legna: questa fu la spedizione. Solo che l'albero, una volta tagliato, cade sulla casa, distrugge l'abitazione e chi c'è dentro muore.

Noi volevamo fare legna per tutti, con l'unificazione dell'Italia, peccato che quelli morti sotto il crollo della casa stavano già bene, erano davanti al fuoco e stavano cucinando, per poi mangiare un cibo saporito.

Sì, ma noi volevamo il bene comune. Pazienza peggio per loro che avevano costruito la casa vicino all'albero.

Lorenzini riuscirete mai ad immaginare una cosa del genere: deviare il Tevere ed avere tutti i terreni al centro di Roma, deviare l'Arno e avere tutti i terreni a centro di Firenze e così per la maggior parte delle città italiane?!

Avremmo avuto dopo la conquista della penisola Italia molti diritti di voto in parlamento e avremmo votato tutto a nostro favore: sarebbe stata una tirannia travestita da democrazia.

Vi immaginate a noi cosa importasse della casa vicino all'albero?

Ora vi chiedo, ma esiste un posto al mondo dove chi governa pensa davvero al proprio popolo? Tiranno, governatore, re, presidente... chiunque esso sia, pensa al più povero, debole, indifeso oppure pensa ai propri sollazzi?

Non mi giustifico con questo anche perché devo dirvi che il progetto fu sviluppato ma io ne ero tagliato fuori e non potei calcolare le conseguenze.

Pare assurdo: io che progettai il tutto in tanti anni, ne fui tagliato fuori e quando ne seppi le conseguenze ne provai ribrezzo, ne ebbi pentimento.

E della vera spedizione dei mille, a questo punto, cosa devo raccontare?! Quella che in mio onore è stata definita la spedizione garibaldina, cosa dovrei davvero narrare?

A giochi fatti, la dovreste chiamare "la spedizione inglese dei trentamila che portarono alla distruzione di un popolo"; e poi, con gli uomini mandati in seguito, la potremmo chiamare la carneficina dei centomila carnefici?!

La spedizione, diciamolo una volta per tutte, fu il mezzo per arrivare allo scopo, ma i mille furono solo il manifesto, furono solo la pubblicità; parte di quegli uomini sarebbe dovuta poi essere con me in parlamento ma le cose cambiarono in fretta.

La spedizione "dei mille" fu armata dagli inglesi tramite i piemontesi, visto che quest'ultimi non avrebbero neppure avuto dei sassi da lanciare.

Un'avventura storica, compiuta da soli mille uomini che combattono contro tutti, che salpano da Genova e sbarcano a sud, combattono valorosamente e vincono sempre, o quasi, contro un esercito enorme e valoroso poi proseguono verso Napoli, capitale di un regno liberato da una tirannide oppressiva, e poi più su per dare agli italiani la nazione unita.

Ha, ha... se non fossi così vecchio, stanco e malato sarei contento di ricordare queste cose divertenti e mi rotolerei per terra dal ridere.

Se non fossero morte così tante persone, ci sarebbe davvero da ridere.

Il mio tono sarcastico non vuole mancare di rispetto a chi fu ingiustamente ucciso e derubato, vuole deridere chi si nascose dietro a degli ideali per fare del male e dopo tanti anni, non intende dire la verità.

Vuole anche deridere chi poi raccontò i fatti per continuare a depredare ingiustamente il sud dell'Italia e lo sta facendo anche oggi, mentre sto scrivendo.

La spedizione non fu per niente improvvisata e spontanea, ma studiata nei minimi dettagli e pianificata dagli inglesi con complicità internazionali. Furono anche comprati diversi uomini chiave dell'esercito borbonico, al fine di spianarmi la strada.

Vorrei allora ricostruire il vero scenario di congiura internazionale che spazzò via il Regno delle Due Sicilie, non certo per mano dei miei mille prodi. Mille uomini provocarono un milione di morti... sarà mai possibile?!

Il Regno britannico, l'Inghilterra intendo, con la sua politica espansionistica, ebbe diversi motivi per assecondare i sogni di due pazzi e sancire la fine del Regno napoletano, liberandosi di un soggetto divenuto non solo concorrente, ma prossimo a predominare.

All'epoca tre città erano davvero potenti: Napoli, Londra e Parigi, anche se dal punto di vista culturale Londra era, secondo il mio modesto avviso, arretrata rispetto alle altre due.

Napoli era meravigliosa. L'obiettivo principale per l'Inghilterra era il denaro, l'oro di Napoli, i possedimenti della Chiesa.

La massoneria inglese, forse internazionale in genere, aveva come priorità politica la cancellazione delle monarchie cattoliche e Napoli era ormai troppo potente.

Londra voleva limitare le altre città europee, ma anche la Chiesa.

Il clan Borbone costituiva il principale ostacolo a questo obiettivo, che coincideva con quello dei Savoia, anch'essi massoni seppur poveri massoni, di impossessarsi dei fruttuosi possedimenti della Chiesa per risollevare le proprie casse e nello stesso tempo eliminare la concorrenza.

Il Piemonte era fallito, era alla miseria più nera e i piemontesi sarebbero presto morti di fame e si sarebbero uccisi tra loro, anche solo per un po' di farina.

Quando capii quanto denaro poteva essere mosso e che avrei avuto un enorme appoggio, io mi dichiarai disponibile a una guerra che appariva facile e infinitamente ricca.

Doveva essere una passeggiata rappresentativa: non fu neppure dichiarata guerra.

Finalmente dopo tanta fatica e tante avventure inutili sarei potuto diventare ricco e sarei tornato a Nissa con molto denaro, oppure avrei governato l'Italia: questo pensiero fece sì che la mia mente si annebbiasse.

Pensai addirittura che Nissa poteva essere, seppur in un secondo tempo, capitale d'Italia. Francese o no sarei stato un uomo rispettato, temuto ed invidiato.

In questo teatro, la nazione napoletana aveva il posto del protagonista: con una crescita esponenziale era già la terza potenza europea per sviluppo industriale come certificato all'esposizione internazionale di Parigi del milleottocentocinquantasei.

Napoli fu per lungo tempo avanti agli altri in tantissimi settori.

Inoltre nel Regno delle due Sicilie si stava così bene che la gente non fu pronta a combattere perché non aveva fame, come invece al nord.

Furono spaesati, colti di sorpresa. Alcuni non sapevano neppure che ci fossero i Borbone, figuriamoci come stavano bene nei loro paesini di montagna, quando arrivarono in seguito i bersaglieri e li uccisero vigliaccamente. Sapevano solo di vivere in un paesello, come taglialegna a mangiare patate, con un asinello... il Piemonte?! E che demone era mai questo Piemonte?! La democrazia? È roba che si mangia?

Napoli dunque al momento era la città più importante di tutte, non credo di esagerare dicendo che fu per lungo tempo una delle città più importanti al mondo.

Il re di Napoli, Ferdinando II, portò avanti una politica di sviluppo autonomo e non si occupò di stringere patti o amicizie. Pensò forse, e credo fosse un pensiero saggiamente condivisibile, che non dando fastidio agli altri stati, nessuno l'avrebbe infastidito. Era un Re mite.

Si sa come vanno le cose... un po' l'invidia, un po' per cupidigia... cioè, quando hai i soldi trovi sempre qualcuno che li vuole... Napoli dava fastidio.

La flotta navale delle Due Sicilie costituiva poi un pericolo per la grande potenza navale inglese, relativamente all'apertura dei traffici con l'estremo l'oriente.

Se non fosse intervenuto qualcuno Re Ferdinando non l'avrebbe fermato più nessuno.

Ora ditemi, caro Lorenzini, che senso avrebbe liberare una città dove si vive bene? Un Regno che ha delle ottime prospettive e la lungimiranza di pensare al futuro, perché dovrebbe essere liberato?

Napoli era anche una città che viveva in armonia, con una criminalità molto al di sotto della media delle altre città.

Inoltre i partenopei erano, per fortuna e malgrado tutto sono ancora, persone allegre.

Il clima era, ed è, ottimo... solo per quanto riguarda il clima non siamo riusciti a fare dei danni.

Dunque un piemontese che viveva male che era povero, malaticcio e triste avrebbe voluto "liberare" un napoletano che era ricco, in piena salute e anche allegro?!

È qui tutta la questione! Napoli non fu mai liberata, il sud della penisola fu depredato.

Non solo, "la spedizione dei mille" fu un investimento anche per l'Inghilterra, in quanto gran parte del denaro andò in Piemonte ma altra parte in Inghilterra e addirittura in altri stati europei.

Ah che bei ideali, che altruismo, che democrazia!

Pensate che si diceva che Napoli sarebbe stata in futuro capitale dell'Europa intera, un'Europa unificata, governata dalla città partenopea. Londra avrebbe accettato una cosa del genere? E Parigi? E gli altri?

Il Regno dei Borbone, nel Mediterraneo, era avvantaggiato rispetto alla lontana Gran Bretagna e fu motivo di timore per Londra che già non aveva tollerato gli accordi commerciali tra le Due Sicilie e l'Impero Russo, grazie ai quali la flotta sovietica aveva navigato nel Mediterraneo avendo come basi d'appoggio proprio i porti delle Due Sicilie. Napoli sarebbe diventata la capitale d'Europa anche con l'appoggio Russo.

Dunque l'Inghilterra decise di non esporsi e si affidò a quei poveracci dei piemontesi che a loro volta parlarono di patriottismo e trovarono un ambizioso: il generale Garibaldì.

In verità anche un poco ingenuo in quanto, oltre a non capire che il mio progetto avrebbe generato l'apocalisse, non capii neppure che loro, i veri registi, avevano un progetto diverso.

Mi usarono senza che me ne accorgessi.

Il controllo del Mediterraneo era una priorità per chi puntava all'egemonia commerciale e necessitava di avere una base in Sicilia, quale punto strategico per le rotte ed i commerci fino all'oriente.

La Sicilia era un elemento fondamentale per l'indipendenza Napoletana: in mano agli stranieri ne avrebbe decretata certamente la fine. Poteva essere il punto del mediterraneo migliore in assoluto se il Piemonte non si fosse messo di mezzo.

Forse l'unica cosa da risolvere era il problema della disponibilità d'acqua, un problema fino dai tempi antichi, ma esperti architetti avrebbero potuto intervenire brillantemente.

Ora farò un esempio davvero banale per spiegare la questione dal punto di vista inglese.

Facciamo finta, solo per esempio, che la ricchezza, la vita in genere in Piemonte prima della spedizione valesse "tre" e nel Regno delle due Sicilie valesse "sette": un totale di "dieci".

Il Piemonte partì con il suo "tre" e andò dove la vita in generale era vissuta ad un livello "sette"; la distrusse in parte e da "sette" si passò a "cinque"; ma il saccheggio durò oltre un decennio e al sud si passò da "cinque" a tre. Al nord il Piemonte passava a sua volta da "tre" a cinque. Infine tassò tanto per ridare i soldi a chi aveva finanziato l'invasione e il sud passò da "tre" a uno.

Quindi, prima della carneficina il Piemonte, i Savoia insomma, era "tre" e il sud "sette" mentre alla fine il Piemonte "cinque" e il regno delle due Sicilie "uno".

L'Italia prima dell'unificazione valeva quindi "dieci" sbilanciata con un tenore di vita migliore al sud, mentre alla fine valeva in tutto "sei" fortemente sbilanciata verso il nord con il sud alla disperazione.

L'Inghilterra, oltre a riprendersi i propri soldi con gli interessi, come altri investitori più o meno segreti, ottenne una potenza italiana unificata ma dimezzata.

Se avessi potuto scegliere dove nascere, avrei optato per Napoli o un posto qualsiasi della Sicilia. Erano luoghi meravigliosi e oggi sono devastati. Pensate, Lorenzini, che certi paesi non esistono neppure più. Sono state spostate le pietre delle case, sono state cancellate delle strade.

La Sicilia inoltre aveva quasi il monopolio dello zolfo, di cui l'isola era ricca per i quattro quinti della produzione mondiale e ben si sa com'è prezioso lo zolfo.

Oggi non so quanto se ne produca, ma se ne viene ancora prodotto ci guadagna il Piemonte, non più la Sicilia.

Così l'Inghilterra pensò di incaricare il Piemonte in modo che se fosse andato tutto bene avrebbe raccolto i frutti, ma se fosse andato tutto male la colpa sarebbe stata del Piemonte.

Il Piemonte, meglio dire Il Conte Benso, accettò in quanto, se fosse andato tutto bene, avrebbe soddisfatto l'Inghilterra e quindi trovato un alleato, se fosse andato tutto male avrebbe detto di non c'entrare nulla e l'impresa sarebbe stata attribuita al generale Joseph Marie Garibaldì.

Del resto non poteva andare male: ci muovevamo nel nome degli ideali e con tale scudo saremmo arrivati a destinazione.

Devo aggiungere che il Conte era alla fine e non aveva alternative: o trovava i soldi oppure i suoi piemontesi lo avrebbero impiccato in piazza.

Io pensai di raggirarli mettendo al momento opportuno la maggior parte dei miei uomini in parlamento per votare la mie leggi e, pian piano, avrei allontanato Cavour dalla scena. Infatti pensai fin da subito che il Conte era un pesante fardello e andava eliminato, come poi accadde ma non si sa chi lo fece.

Nella spedizione c'erano sì alcuni che erano banditi, ma altri avevano competenze specifiche che sarebbero servite in parlamento: se non fossi stato imperatore d'Italia sarei stato primo ministro.

Tornando all'Inghilterra, essa pensò di stravolgere gli equilibri della penisola italiana, propagandando idee sul nazionalismo dei popoli e denigrando i governi di Russia, Due Sicilie e Austria. L'organizzazione e la ricchezza inglese armarono il braccio piemontese, ed io forse fui il grilletto dell'arma da fuoco che fu puntata sulla povera gente, su innocenti.

Lo sbarco a Marsala e l'invasione del Regno delle Due Sicilie furono "atti gravissimi atto di pirateria internazionale", compiuti ignorando tutte le norme di diritto internazionale, prima fra tutte quella che garantisce, e garantiva, il diritto all'autodeterminazione dei popoli. Anche i peggiori nemici avevano l'abitudine di dichiarare guerra, anche solo per eleganza e tradizione, in modo che l'avversario fosse diciamo così avvertito, ma noi no!

Il fatto che nessuna nazione straniera avesse mosso un dito mentre avvenivano queste barbarie fa capire quali furono le premesse di un atto così grave e quanti interessi vi fossero.

In effetti questo aspetto non me lo spiego o forse, proprio per questo, mi spiego tutto.

Perché nessuno aiutò il Regno delle due Sicilie? Forse perché tutti erano d'accordo che Napoli fosse troppo potente e pericolosa?!

Mi chiedo anche: se il Regno delle due Sicilie avesse invaso il nord Italia, qualcuno avrebbe fatto qualcosa?!

Penso proprio di sì perché sarebbe diventata più potente e pericoloso di quanto già non fosse.

In uno scenario del genere avrei mai potuto fare una scampagnata con mille uomini?!

Di soldi, e parliamo ancora di questo, ne circolarono davvero parecchi per l'operazione. Si parlò di circa tre milioni di franchi francesi solo in Inghilterra, denaro investito per comprare il tradimento di chi serviva allo scopo, ma anche armi, munizioni e navi.

Ed anche questo, Lorenzini, è un po' equivoco: come mai si parlò di franchi francesi messi a disposizione dall'Inghilterra?

Per procurarsi tale cifra l'Inghilterra avrebbe dovuto pur dare una giustificazione alla Francia, oppure no? Da dove veniva quel denaro davvero?

A Londra nacque perfino il "Garibaldì Italian Fund Committee"!

Vi sembra troppo anche questo vero?

Una fondazione che servì ad ingaggiare i mercenari della "Legione Inglese": uomini feroci e senza scrupoli che mi aiutarono nella spedizione.

Mi fa ancora ridere che ci furono perfino i "Garibaldi's gadgets": ritratti, composizioni musicali, spille, profumi, cioccolatini, caramelle e biscotti, utili a reperire fondi per l'impresa in Italia.

Cioccolatini per sponsorizzare un'iniziativa che avrebbe provocato un milione di morti: che vergogna!

Alla vigilia della spedizione dei mille, tutti sapevano cosa stava per accadere, tranne la Corte e il Governo di Napoli, ai quali "stranamente" non giunsero mai quei telegrammi e quelle segnalazioni che solitamente vengono inviate dalle ambasciate internazionali in questi casi.

Questo aspetto davvero mi stupisce: come potevano non sapere se tutto il mondo ne parlava?

Sì, certo una spietata campagna di corruzione potrebbe essere la risposta più semplice.

Voi caro Lorenzini cosa ne pensate?

Quanti altri stati furono d'accordo con l'Inghilterra per distruggere Napoli e il suo regno?

La traversata partì da Quarto a maggio del sessanta a bordo della "Lombardo" e della "Piemonte", due navi ufficialmente rubate alla società Rubattino, in realtà fornite favorevolmente dall'interessato armatore genovese, amico di Cavour.

Caso strano una di queste imbarcazioni si chiamava anche "Piemonte", una curiosa coincidenza.

Non sarebbe stato bello fare la spedizione con una nave chiamata "Napoli amore mio": ma vi pare possibile che rubammo una nave con il nome di Piemonte solo per coincidenza?! Ma come si fa a dire delle bugie così ridicole?! Ma suvvia, rubammo una nave e questa si chiamava Piemonte?! Cioè la prima in assoluto che trovammo si chiamava "Piemonte"? Non si riesce a credere ad una cosa così stupida.

È ovvio che la scegliemmo con calma, la battezzammo, la pagammo e poi partimmo.

Non so neanche quanti uomini fossero a bordo, non fu importante far numero; si disse poi che furono mille e ottanta nove ma io non li contai mai.

Marsala, luogo di sbarco, fu il luogo designato perché li c'era una vastissima comunità inglese coinvolta in grandi affari, tra cui la viticoltura.

Apro una parentesi anche a questo proposito l'agricoltura fu per molti anni, nel regno delle Due Sicilie, al massimo dell'avanguardia.

Venivano prodotti vini eccellenti con massima resa in termini di quantità e di qualità per territorio.

Il 10 Maggio, alla vigilia dello sbarco, l'ammiragliato inglese, di cui non ricordo il nome, diede l'ordine al "Argus" e al "Intrepid", ancorati davanti a Palermo, di muoversi in direzione di Marsala, ufficialmente perché nulla accadesse agli inglesi, in realtà per favorire noi.

Infatti, proteggere i soldati inglesi da cosa?! Erano tutti in pace di che protezione avevano bisogno?! Mentre noi stavamo per invadere.

Sbarcammo passato il mezzo dì e questo dimostra quanta sicurezza avessimo, altrimenti avremmo scelto la notte, con il favore delle tenebre.

L'approdo avvenne dirimpetto al Consolato inglese e alle fabbriche inglesi di vini "Ingham" e "Whoodhouse", le spalle coperte dai piroscafi britannici che, con l'alibi della protezione delle fabbriche, ostacolarono i colpi di granate lanciate dallo "Stromboli", l'incrociatore napoletano.

Con questo ci fu d'appoggio, da parte dei Borbone, anche il piroscafo "Capri" e la fregata "Partenope".

Le trattative che si intavolarono fecero recuperare ulteriore tempo ai miei uomini sortendo l'effetto sperato: i miei "mille" sbarcarono sul molo.

C'è da dire che mille non eravamo neppure all'arrivo: in realtà saremo stati settecentocinquanta perché i veri repubblicani, dopo aver saputo che l'intenzione era di liberare la Sicilia in nome di Vittorio Emanuele II, si fecero sbarcare a Talamone, in terra toscana.

La cosa bizzarra fu pertanto che chi voleva parlare davvero di repubblica non era presente: ci furono tutti, ma non i repubblicani.

Contemporaneamente sbarcarono dall'Intrepid dei marinai inglesi, anch'essi vestiti di rosso, che si mischiarono alle "camicie rosse", impedendo ai napoletani di sparare. Il risultato fu che in breve era pieno di camicie rosse dappertutto.

Napoli inviò proteste ufficiali a Londra per la condotta dei due bastimenti ma non servì a nulla e poi fu troppo tardi.

Io e i miei sbarcammo nell'indifferenza dei marsalesi; alcuni saccheggiarono i vicini di casa, approfittando della confusione, furono perpetrati delitti per vecchi rancori, che nulla avevano a che fare con l'unificazione. Cominciò a dilagare la ferocia.

Ora mi devo fermare per narrare una questione che forse, ancora una volta potrebbe far perdere il filo del discorso, ma essenziale al risultato finale che portò al fatto che tutti mi credettero un eroe.

Oggi ho settantacinque anni, allora ne avevo cinquantatré: non ero vecchio, ma neppure un giovanotto.

I miei capelli, in prevalenza rosso castani, cominciavano ad assumere tratti canuti, per non dire bianchi.

Pretesi ogni giorno lavarli con il tè, come la barba, così che assumessero colore più vicino al rosso mogano delle origini e il bianco venisse, seppur in parte, celato.

Avevo vicino un uomo che, in qualità di aiutante, curava il mio aspetto: avevo sempre la camicia perfetta, pulita e senza pieghe, gli stivali lucidati e così la mia spada.

Addirittura mi spremevo, due o tre volte al giorno, il succo dei limoni siciliani negli occhi: brucia molto ma gli occhi diventano bianchissimi!

Perché, caro Lorenzini, feci queste cose ed ora le racconto?!

Perché l'aspetto ebbe davvero molta importanza.

Quando la gente comune mi vedeva davanti ad un altro uomo, più basso di statura, sporco e con i vestiti stracciati, mentre io ero in perfetto ordine e i miei occhi già di natura di un azzurro come il mare avevano intorno il bianco della purezza, mentre gli altri dimostravano dieci anni in più, io dieci in meno.

Per essere apprezzato dovevo piacere e piacqui.

La mia divisa rifletteva luce sfavillante ed apparsi invincibile.

A metà maggio occupammo Salemi, stavolta nell'entusiasmo perché il barone Sant'Anna, uomo ricco e potente del posto, si unì a noi con una banda di "picciotti". Il Barone voleva conservare i suoi privilegi ed io mi proclamai con superbia "Dittatore delle Due Sicilie" nel nome di Vittorio Emanuele II, Re d'Italia.

Dittatore! Sì, in quel preciso momento mi sembrò che fosse fatta giustizia e del resto non mi importava nulla. La mia coscienza, così credevo, era pulita come miei stivali.

Io andai a "liberare" uno Stato dove si viveva meglio nel nome della patria e della democrazia e mi proclamai dittatore?! Del Re, del mio Re, mi dichiarai nel nome di un altro del quale in realtà non m'importò mai nulla.

Dovetti mantenere l'equilibrio tra i picciotti, uomini del barone, gli inglesi e i piemontesi e ci furono diverse tensioni e alcune scaramucce.

I piemontesi parlavano quasi tutti in francese, gli indigeni in dialetto.

Il barone, anche lui ambizioso, avrebbe voluto una sorta d'indipendenza per la sua terra e da uomo intelligente capì subito che sarebbe cambiato il padrone del Regno delle due Sicilie.

Fu così la volta della storica battaglia di Calatafimi.

I mille in quel momento erano almeno il doppio, forse il triplo; vi si unirono "picciotti" siciliani, inglesi, marmaglie insorte e briganti che desideravano saldare i propri conti e sfidarono i soldati borbonici al comando del Generale Landi. Il mio esercito da "mille" diventò forse di diecimila, forse ventimila.

Ci fu una carneficina, saccheggi, stupri di gruppo a giovani contadine e furti.

Ma non solo! Il peggio è che ognuno si sentiva una divinità e come tale poteva decidere di uccidere, di bruciare, di derubare.

Non fermai questi crimini, mi avrebbero ucciso o almeno mi sarebbe sfuggita la situazione di mano.

Il crimine dilagò, anche poi per vendetta, e più spesso pagarono gli innocenti.

Vi erano persone che non sapevano cosa stesse accadendo e perirono senza capirne la causa.

Non capivano neppure le domande e per questo apparvero reticenti: come si fa a domandare una cosa in francese e pretendere una buona risposta da chi non conosce quella lingua?! Beh pazienza: colpo di baionetta e tutto a posto.

No, caro Lorenzini, non fu una guerra, non fu una battaglia, non fu nulla che si possa ricordare con riguardo. Fu davvero l'apocalisse.

Ma ancora non fu nulla in confronto a cosa accadde, e lo racconterò in seguito, quando l'Italia fu un solo Stato. Quando io fui tagliato fuori e Cavour morto, chi rimase fece molto peggio.

Il generale Landi fu corrotto, i "picciotti" vennero decimati dai fucili dei soldati napoletani, ma senza fermare la nostra marea.

Morirono naturalmente più siciliani e in seguito calabresi e lucani, che inglesi, senza sapere perché e contro chi stessero combattendo. Scrivo naturalmente, in quanto gli inglesi erano preparati, eruditi su cosa loro aspettasse; i siciliani e gli abitanti delle altre regioni furono colti di sorpresa.

Napoletani e siciliani furono un unico popolo fino a quel momento ma la confusione li condusse ad essere in alcuni casi nemici.

Il Generale Landi, che già aveva rifiutato rinforzi e munizioni a Sforza scongiurando lo sterminio delle "camicie rosse", fece suonare le trombe in segno di ritirata.

Quanti morti, quanti giovani morti. Ricordo un ragazzo ucciso perché aveva in mano un formaggio stagionato che non voleva consegnare. Probabilmente non capì neppure cosa gli veniva chiesto.

Ricordo che poi quel formaggio, o ricotta che fosse, cadde a terra e nessuno lo mangiò; in quel momento cominciò a balenarmi, finalmente, in mente qualcosa: forse stavamo esagerando? Forse questa gente non meritava un trattamento del genere? Per chi stavamo facendo tutto questo? E per che motivo?

Mazzini, l'illustre pensatore, aveva per caso considerato la carneficina per l'ideale di un'Italia unita che di fatto favorì esclusivamente il nord?!

Non credo, non credo proprio e la cosa mi stupisce perché, perdoni la banalità, l'unica cosa che avrebbe dovuto fare Mazzini sarebbe stato pensare.

Oggi, mentre vi sto scrivendo queste mie memorie anche lui, Giuseppe Mazzini, è morto e non si è reso mai conto di quanto sia accaduto e di quanto stia accadendo.

La guerriglia comunque proseguì.

Approfittando del degrado in cui tutti caddero e forte del fatto che Landi era dalla nostra parte, perché corrotto, capii d'istinto che era il momento di colpire i borbonici in fuga alle spalle, compiendo così il "miracolo", come venne poi chiamato, di Calatafimi.

Una battaglia che avrebbe potuto chiudere sul nascere l'avanzata del nostro esercito, se non fosse stato per la condotta di Landi, che fu accusato di tradimento dallo stesso Re Francesco II e confinato sull'isola d'Ischia.

Cosa comica, in un contesto tragico, fu che un anno più tardi, l'ex generale di brigata dell'esercito borbonico e poi generale di corpo d'armata dell'esercito sabaudo in pensione, Landi appunto, si presentò al Banco di Napoli per incassare una polizza di 14.000 ducati d'oro fornitagli da me in persona, ma palesemente falsificata.

Secondo me ne uscì pazzo da quella storia. Morti sulla coscienza, onta della corruzione e poi in mano mosche.

Landi ricevette una piccola punizione almeno, io invece non fui mai punito per quello che feci, per quello che permisi, per quello che in seguito capitò ai malcapitati abitanti del sud Italia.

Tornando alla "spedizione", m'inoltrai nel cuore della Sicilia mentre le navi inglesi, sempre più numerose, ne controllavano le coste con movimenti frenetici e coordinati. Seguivano da lontano per mare l'avanzata delle camicie rosse, rosse ma inglesi, su terra, per garantire eventualmente un'uscita di sicurezza.

Intanto i promotori della spedizione, sempre gli inglesi, fecero arrivare imponenti rinforzi a migliaia di uomini, armi e denari per i rivoltosi e preziose informazioni da parte di altri traditori vendutisi all'invasore per fare del Sud una colonia inglese; avevamo armi che gli avversari non sapevano neppure che esistessero.

Alcuni tradirono per cupidigia, altri per ambizione; altri ancora perché fiutarono subito il cambio di padrone.

Ci furono anche soldati di altri Stati: ricordo uomini ungheresi che, come me, furono mercenari.

Ussari! Ecco come chiamavano gli ungheresi! Furono di una ferocia inaudita. Pensate ai pronipoti di Attilla al nostro servizio.

Le banche di Londra si riempirono di liquidità monetaria, d'oro, depositi, in qualsiasi valuta, pagati come prezzo per informazioni riservate sulla dislocazione delle truppe borboniche e di altri suggerimenti dei generali corrotti, e così di tante importantissime rivelazioni segrete.

Io giunsi a Palermo e poi arrivai a Milazzo, ormai rafforzato da uomini e armi moderne, e l'esito della battaglia che lì venne combattuta fu prevalentemente dovuto all'equipaggiamento individuale dei rivoltosi che ricevettero in dotazione persino le carabine–revolver americane "Colt" e il fucile rigato inglese modello "Enfield '53". In più posso dire che gli uomini a disposizione erano decine di migliaia.

Noi armati modernamente, mentre gli avversari non sapevano neppure di essere in guerra. Inaudito.

Un conto però furono le battaglie contro l'esercito dei Borbone, un altro le fucilate sparate ai contadini di passaggio anche solo per gioco.

Immaginate poi, Lorenzini, come si possa dare da mangiare a così tanti uomini per così tanti giorni?!

Tutta l'energia era rivolta a uccidere e saccheggiare più il possibile.

Non vi crediate che a fine giornata un bravo soldatino si mettesse a pescare nel ruscelletto o che si mettesse a cacciare un tordo nella boscaglia.

La sera, affamato e stanco, il bravo soldatino, il bravo garibaldino, entrava nella casa rurale che trovava, uccideva, stuprava ed infine mangiava con i cadaveri dei contadini vicino al tavolo per poi essere pronto, dopo una dormita ristoratrice, a compiere la stessa cosa il giorno seguente.

Magari poi la mattina dava fuoco all'abitazione, solo perché non aveva dormito con l'animo in pace. Eventi come questo ve ne furono a migliaia.

Frattanto le navi inglesi continuavano a scortarmi dal mare, pronte ad intervenire; anche quando entrai a Napoli sulla prima ferrovia italiana ebbi la copertura ravvicinata dell'Intrepid che si mosse nelle acque napoletane insieme ad altre navi che volevano anch'esse partecipare alla chiusa dei giochi.

Il 6 Settembre, giorno della partenza di Re Francesco II e del mio arrivo a Napoli, peraltro in treno, con a fianco una graziosa ragazza gentilmente prestatasi per l'occasione, la nave inglese si fermò vicino alla costa, davanti al meraviglioso litorale, da dove tenne sotto tiro il Palazzo Reale.

L'Intrepid lasciò Napoli il diciotto ottobre del sessanta per tornare nella sua patria, ricevendo il cambio di altre navi inglesi, mentre io, ormai "Dittatore di Napoli", donai, o meglio dovetti cedere, agli amici inglesi un suolo a piacere designato poi in Via San

Pasquale a Chiaia, sul quale venne eretto un luogo di culto, una piccola chiesetta, ma con valore simbolico enorme: una cappella protestante per gli inglesi. Fu come marchiare a fuoco la città.

Vi rendete conto, Lorenzini?! Una chiesetta, una piccola cappella dove pregare! Ma come sarebbe stato possibile dopo tale scempio di vite umane spezzate?

Dopo poco tempo Gaeta, dove si trovava Francesco II nella strenua difesa del Regno, fu rasa al suolo dal Cialdini e i suoi uomini, pagando il fio di essere l'ultima trincea di un impero ormai annientato.

Gaeta, una città meravigliosa... prima del nostro arrivo, naturalmente.

Scomparve così l'antico Regno di Ruggero il Normanno, sopravvissuto per centinaia d'anni. Venne distrutto dall'idiozia dell'uomo, la mia per prima, nel momento del suo massimo fulgore: l'efficienza delle fabbriche, la qualità dei prodotti, la qualità della vita ed il benessere in generale.

Per colpa nostra, da quel momento iniziò un periodo che il sud Italia non solo non dimenticherà mai ma che nessuno potrà risarcire in alcun modo.

A questo punto mi aspettavo di essere elogiato come eroe, di essere coinvolto nel parlamento anche se negli ultimi giorni avevo sempre più spesso lampi nella mente che mi dicevano "Joseph ma cosa mai hai fatto? Cosa mai hai permesso?"

Forse avrei potuto recuperare qualche mio errore, nella gestione del governo, e di conseguenza avrei potuto rinunciare all'attuazione definitiva del mio progetto per aiutare davvero l'Italia unita. Ma le cose andarono diversamente.

Io desideravo che molti dei miei uomini venissero inclusi nel parlamento e che altri fossero regolarizzati nell'esercito: avrei avuto un gruppo di sostenitori a me fedeli. Ma l'Inghilterra aveva deciso di fregarmi, con o senza la compiacenza di Cavour, e io solo fui nominato.

Avrebbero voluto escludere anche me, ma il popolo sarebbe insorto, ormai ero un simbolo. Bastava invece far passare un po' di tempo e Joseph sarebbe stato dimenticato.

Da solo in parlamento non avrei potuto far nulla, sarei rimasto a contrattare i miei voti per piccoli piaceri, non certo per grandi cose: da solo sarei rimasto uno qualunque.

Nel primo governo italiano c'erano due soli piemontesi, Cavour e Cassinis. La maggioranza era tosco–emiliana: Minghetti, Fanti, Peruzzi, Bastogi. De Sanctis e Niutta erano napoletani, Natoli siciliano.

Io fui eletto deputato a Napoli e cominciai ad attaccare il governo: bisognava fare qualcosa. Ma cosa?!

Si accorsero che ero cambiato, lo percepii in diverse occasioni.

Venne a farmi visita una delegazione operaia e pensai, per vendetta o riscatto, di scagliarmi contro tutti. Pensai che ad appoggiare Cavour ci fossero piccoli burocrati avidi di ricchezza e che il Re fosse circondato da corrotti: il primo governo fu fatto per stemperare gli animi ma dietro ci fu sempre la solita abile regia.

Cavour da alleato e mio promotore divenne un nemico, il mio peggior nemico.

Pensai in un momento anche di uccidere Cavour, davanti a tutti. Io sarei stato punito, e così per le mie malefatte, Cavour anche e l'Italia magari si sarebbe scissa nuovamente, perché purtroppo per i siciliani, i campani, i pugliesi e tutti gli altri il peggio sarebbe dovuto ancora arrivare.

Non feci nulla di eclatante, forse per codardia, e dovetti tentare di dire almeno qualcosa e così mi arrabbiai sulla questione dell'esercito meridionale, il mio esercito... le migliaia di garibaldini che avevano combattuto al Sud senza nessun inquadramento e che dopo non avevano ottenuto niente.

Li avrei perduti definitivamente come uomini e li avrei anche avuti contro, per ciò che avevo promesso loro: non avrei avuto più appoggi sarei rimasto solo.

Avevo infatti distribuito a man bassa i gradi di ufficiale, sperando che poi sarebbero stati riconosciuti. Ce n'erano migliaia in quelle condizioni.

Migliaia di uomini oltre a quelli che si erano ritirati, i dispersi, i morti... oltre anche a tutti quegli inglesi che seguendo gli ordini erano tornati in patria, dopo aver perpetrato i peggiori crimini seguendo i miei ordini.

Molti si fermarono strada facendo: dopo aver ucciso persone e dopo averli derubati di tutti gli averi si sistemarono nelle loro case.

Ma vi immaginate, Lorenzini, che alcuni inglesi che si stabilirono nei territori conquistati si faranno una famiglia e ci saranno figli di inglesi in Sicilia, in Calabria e in Campania?

Sapete che secondo le mie stime, non prive di fondamento, cinquemila inglesi oggi vivono nel sud d'Italia?

Sapete ancora che i piemontesi, perché in seguito ne arrivarono molti di più, vivono oggi più numerosi nel sud Italia che nel Piemonte stesso?

No, non sto esagerando. Come non ho esagerato quando ho scritto che morirono in circa dieci anni un milione di persone.

Si perché la maggior parte dei morti non fu durante la spedizione, ma dopo, quando il nord tentò di far uscire l'ultima goccia di succo dal sud come un limone già spremuto.

Dovrei prendere a paragone i miei occhi che sbiancavo con il limone.

Il limone fu il sud Italia e il bianco dei miei occhi il Piemonte.

Il limone, una volta strizzato, veniva gettato via senza cura mentre gli occhi rimanevano bianchi ed immacolati, come il Piemonte che sembrò un posto bello e pulito dove vivere.

Prendete un morto di fame, di freddo che nei pressi di Torino è costretto a rubare il cibo o a mangiare radici.

Di colpo capita l'occasione di appropriarsi di un terreno grande e fertile, con un ottimo clima... si appropria pure, senza scrupolo, e senza verificarne il consenso, anche di una ragazza che trova in loco.

Secondo voi professore, questo morto di fame ipotetico rimane nei pressi di Torino?

Il nord ha invaso il sud e chi ha trovato una sistemazione ha abbandonato tutto, anche il mio esercito.

A me sono rimasti migliaia di uomini da collocare, quelli che non hanno trovato sistemazione. Quelli che rimasero vicini a me, mentre il Piemonte aveva già in mente che il limone, il sud dell'Italia, andasse ancora spremuto. In effetti conteneva ancora molto succo saporito.

La bagarre nacque per quegli uomini senza dimora né lavoro, "ex garibaldini", ma il problema del dopo unificazione era quello, in realtà, di creare ulteriore confusione.

Si fece tanta confusione su un argomento per non parlare dell'altro, di quello più importante.

"Non parliamo di come vogliamo trasferire tutte le ricchezze del sud verso il nord... parliamo di questi uomini... non parliamo di otto milioni di persone od anche nove milioni che rimarranno alla fame dopo che noi avremo preso tutto".

Fu questo, senza dubbio, il pensiero del Conte Camillo! Come si faceva a inquadrare questi "ex garibaldini" senza provocare il finimondo nell'esercito vero, quello di carriera?

"Meglio facciamolo il finimondo almeno non si parla del resto" bravo Conte, ottima trovata. Litighiamo per questo così il resto viene messo a tacere.

Me ne accorsi in ritardo e fui il solo a manifestare un pentimento. Partendo da quell'argomento e senza l'appoggio di nessuno fu impossibile ottenere qualcosa.

Sarebbe stato altrettanto impossibile salvare quei milioni di uomini e donne che non sapevano che l'Italia fosse unificata, che non sapevano di essere diventati italiani.

Non solo non sapevano, alcuni mai seppero, ma certamente tutti non vollero.

Ricasoli presentò un'interpellanza, la data venne fissata al diciotto aprile. Nel frattempo Cavour, per allentare la tensione, presentò un decreto con cui si sistemavano duemila e duecento ex ufficiali garibaldini.

In realtà Cavour aveva paura che io con i miei uomini non censiti facessi una rivoluzione e finse di appoggiarmi per prendere tempo.

Cavour poi sapeva che si era tolto dal Piemonte i peggiori piemontesi.

Tutti i banditi, ma magari anche i semplici avventurieri o morti di fame, erano andati al sud perché si stava meglio oppure, come la maggior parte, erano andati al sud per derubare nel nome dell'Italia ricchezze da riportarsi a casa.

Bisognava salvare la faccia, come sempre, e così si volle fingere di fare qualcosa.

Che diavolo ne sapeva Ricasoli della verità?!

Scusate Lorenzini, ma devo sgusciare fuori ancora con un altro argomento.

Bettino Ricasoli, che fu primo ministro dopo il bastardo sopradescritto, mise il sud in ginocchio con una politica che imponeva delle tasse mostruose ed ingiustificate e favoriva il nord.

Così facendo diede il colpo di grazia ad un'economia che difficilmente riuscirà a rimettersi in piedi se non verranno persone giuste che riconosceranno, e soprattutto risarciranno, i danni dell'invasione.

Ci sarebbe stata la rivoluzione se si fosse divulgata la verità: no, la verità andava celata sotto terra, la stessa che coprì i morti.

Ora l'Italia era fatta e si poteva rubare come e quanto si sarebbe voluto. La cupidigia, l'avidità furono i veri comandanti.

Le cose in un primo tempo degenerarono tanto che il diciotto aprile Torino si riempì di camicie rosse e di democratici, si disse gente scandalosa, che faceva chiasso e cantava. Inzepparono le tribune della Camera, fecero cori con parole irripetibili.

Era pieno anche il lato riservato alla diplomazia e alla société... si prevedeva uno scontro, forse non solo verbale, tra il maledetto Conte e me.

Degenerato fino ad un certo punto, in quanto alla fine, urla a parte, non accadde nulla.

Mi accorsi di aver sbagliato tutto, al di là dei progetti di ricchezza ormai archiviati; anche la gente comune con disprezzo diceva che i miei soldati non appartenevano al popolo piemontese.

Ma come?! I Piemontesi avevano invaso il sud d'Italia e loro non volevano questi uomini in Piemonte?

D'accordo, io sbagliai tutto, ebbi tutte le colpe del mondo. Ma la coerenza di chi fu?

E quindi? Quindi voi non pensate che questo dimostrasse, da solo, che l'unione non ci fu davvero mai?!

Anche tutte queste false complicità... magari fu proprio Ricasoli a far avvelenare il Conte...

La seduta cominciò come sempre all'una e mezza. Governo al gran completo, Cavour e tutti i ministri. Alle due si sentì la folla che gridava e tutti capirono che io ero lì. Al mio ingresso tutti furono in piedi.

«Ga-ri-bal-dì, Ga-ri-bal-dì!».

E poi viva l'Italia e tutto il resto.

Ma che Italia?! Fossi davanti al tribunale che giudica la mia vita e, vista la mia salute, ormai ci sono davvero, mi dichiarerei colpevole.

L'Italia non c'è, non ci fu e mai ci sarà.

Quando sentii l'amore che il popolo mi rivolse, mi accorsi con ancor più consapevolezza di aver sbagliato tutto.

Mi destai dal mio sonno e m'accorsi che avrei potuto fare grandi cose e davvero avrei potuto essere un patriota: purtroppo non ne esistevano i presupposti, come ho raccontato in queste memorie.

Giunto a questo punto, se voi Lorenzini foste qui davanti a me, vi proporrei di fumarci un sigaro davanti ad un bicchiere, potrebbe essere l'ultimo ma sarebbe il sigaro più buono, in quanto da allora la mia vita cambiò... seppur in ritardo.

Caro, perdonatemi l'ardore ancora una volta di apostrofarvi con cotanta leggerezza, Lorenzini, dopo quella dimostrazione d'affetto tentai davvero di recuperare e mi parve davvero di essere un patriota.

Visto che la maggior parte era con me, fu più facile, durante quelle rumorose ovazioni, individuare chi fosse contro, perché non si muovevano e avevano un insolente fare annoiato.

I deputati annoiati rimasero immobili nei loro posti e neppure i ministri si mossero, neppure quelli che occupavano i posti della buona società, i diplomatici e le dame.

Dame... che poi di alcune è meglio non parlare.

Dunque non era solo lo scontro tra il generale e il presidente del Consiglio, ma anche tra il popolo e il

Parlamento o tra il vecchio Piemonte e il nuovo precario e fragile Stato italiano.

Il Piemonte doveva solo far calmare un poco le acque per togliermi dal centro dell'attenzione e poi liberamente depredare il sud Italia che, all'epoca, era davvero ricco.

Se paragoniamo la Francia a un vino rosso, il Piemonte poteva essere in quel momento un vino annacquato color rosato, senza sapore, non era francese ma neppure acqua... cioè qualcosa di veramente diverso.

Terminate le ovazioni, la seduta ebbe dapprima un andamento tranquillo.

Ricasoli lesse la sua interpellanza, in cui lamentava l'esistenza di un «dualismo» tra esercito regolare e formazioni garibaldine, poi il ministro della guerra Fanti illustrò l'opinione del governo sull'esercito meridionale, un lungo discorso che lesse con voce monotona e annoiò tutti.

Furono parole, belle, ma inutili.

Infine domandai la parola e ci fu quel movimento generale che denotò la ripresa dell'attenzione, si sistemarono negli stalli per vedere e sentir meglio, strusciavano i piedi, si aspettavano cose che non vennero dette e non vennero fatte.

Mi avevano preparato il discorso e avevo dei foglietti che spiegazzavo ma che in realtà non riuscii neppure a comprendere.

Tutti pensarono a emozione ma si trattò di un complesso di colpa.

"Io Joseph..."

Ci furono mormorii a bassa voce "Chi è Joseph?".

Mi guardai attorno e poi ripresi balbettando "L'Italia è fatta?", ma non parvi convincente; ancora mormorii che chiedevano "Sarebbe quello il valoroso Garibaldì?!".

In realtà il tono fu proprio un altro: chiesi in modo provocatorio "L'Italia è fatta???" ma nessuno colse il sarcasmo.

Fu come dire: "Ma non sarà mica questa l'Italia, ma non vorrete davvero uccidere i vostri fratelli?".

Avrei voluto chiedere: "E ora che intenzioni avete? Ditelo a tutti così si regolano…"

All'inizio mi trovai emozionato in quanto fu forse quello il momento davvero dove capii che avevo sbagliato tutto. L'emozione fu in realtà un tremendo senso di colpa.

Sì, sbagliai tutto!

Il peggio doveva ancora venire, nei due decenni seguenti ci furono tanti morti.

Scusate se vi ripeto alcune cose, taluni concetti: non penso che mal apprendiate alla prima, ma è importante che si sappia che ci fu una strage.

Il mio discorso fu quello di una donnicciola: parlai di intrighi individuali, in quanto desideravo confessare le mie colpe, ma tutti colsero l'esclamazione come un'accusa verso altri e mi applaudirono con forza.

Tentai di parlare dell'esercito meridionale, ma feci confusione in quanto da una parte li dovevo sostenere per quanto promesso, dall'altra per via dei miei pentimenti volevo fermare tutto.

Non fui mai bravo a parlare.

" … Quando per l'amore della concordia, l'orrore di una guerra fratricida, provocata da questo stesso Ministero…"

Cavour percepì che non ero più' dalla sua parte, ma del resto lui stesso mi aveva scaricato!

Allora dal banco dei ministri scattarono in piedi, l'accusa era sanguinosa, presero a gridare, ma anche gli altri gridavano, si era ormai in pieno tumulto.

Ma come?! Rimasi allibito! Si scandalizzavano delle parole ma non dei fatti?!

Al sud venivano uccisi ragazzi, violentate e torturate donne di tutte le età, chiuse fabbriche, distrutte case e da lì in poi sarebbero aumentate le tasse in modo spaventoso, senza rendere il minimo servizio sociale, e loro si scandalizzavano delle parole?!

In quel momento, fossi stato armato avrei tentato d'uccidere il Conte, lo avrei ucciso di certo.

Così Cavour solitamente calmo, con impeto, rispose che non era permesso insultarlo in codesto modo! Disse che protestava e che protestavano i suoi con lui.

Che gran figlio di puttana.

Credete che un uomo che aveva permesso tale scempio di vite, e poi il peggio lo permise dopo… da quel giorno fino ad oggi mentre io sto scrivendo, anche se lui in persona è già morto, non accettasse di essere insultato?!

Cavour ed io cominciammo ad urlare fino a quando Crispi chiese la parola in modo più moderato.

La discussione tra il Conte e me prosegui ma tutti intorno non capirono che si trattava di un discorso, definiamolo così, personale.

Cavour sottolineo che io avevo accusato tutti di una guerra fratricida.

E io lo ribadii: Sì, una guerra fratricida! Pensando davvero che il peggio sarebbe dovuto ancora succedere.

Il Conte penso che si stesse gongolando con la certezza che il suo conto economico avesse trovato la soluzione.

Gli volevo far capire che il nostro progetto, il mio progetto, fu una cosa folle... che uccidere e far uccidere nel nome dell'Italia fu una cosa folle e se si pensa che fu per nostri, e miei, interessi fu ancora più folle.

Non trovo le parole, Lorenzini, per dirvi cosa di tremendo si fece.

Non solo si distrusse un sistema che funzionava, non solo si uccise un numero impressionante di persone, non solo si derubò ma peggio si condannò il popolo del sud a una condizione che in futuro difficilmente si recupererà.

Forse ci vorranno centinaia di anni.

Prima, all'inizio del mio racconto, vi descrissi di quanto sarà bello il sud Italia nei prossimi anni ma, ora che gli hanno tolto tutto, quanto tempo servirà davvero? Venti anni? Duecento anni? Duemila anni?

La gente, il popolo, tutti non capirono perché non conoscevano e forse non conosceranno la verità: ogni essere con un po' di cuore non avrebbe accettato una cosa del genere.

Tutta la tensione che s'era andata accumulando in quei giorni esplose. Mentre Cavour e i ministri continuavano a protestare, i deputati si precipitarono nell'emiciclo, presero a spingersi, uno andò fin sotto al banco dei ministri a minacciare Cavour col pugno, le tribune urlavano, battevano i piedi, scandivano improperi, ma fu solo scena: mi venne la nausea mi parve d'essere a teatro.

Intervenne Rattazzi poi alla fine fu Nino, Nino Bixio a stemperare gli animi.

Nino Bixio? Quel Nino Bixio?

Sì, colpa mia anche questa, ma il due agosto del sessanta, quando il malcontento popolare si amalgamò con gli uomini venuti da fuori e scattò la scintilla dell'insurrezione sociale, fu incaricato Bixio, che gestì la cosa in modo disumano.

I rivoltosi appiccarono fiamme a decine di case, al teatro e all'archivio comunale e a quanto possibile.

Quindi iniziò una caccia all'uomo e ben sedici furono i morti fra nobili, ufficiali e civili, tra cui anche il barone del paese con la moglie e i due figlioletti, il notaio e il prete, prima che la rivolta si placasse.

Io nominai Bixio, il buon Nino, tramite il comitato di guerra, creato in maggio da me e Crispi.

Un battaglione di grandissimi figli di cagna fu agli ordini del genovese per sedare la rivolta e fare giustizia in modo esemplare.

Quando Bixio iniziò la propria inchiesta sui fatti accaduti, larga parte dei responsabili era fuggita altrove, mentre alcuni ufficiali colsero l'occasione per accusare gli avversari politici e lui sbagliò tutto. Fece fucilare delle persone a caso e poi emanò un editto tanto per far sembrare tutto in ordine.

"Gli assassini, ed i ladri di Bronte sono stati severamente puniti – Voi lo sapete! La fucilazione seguì immediata i loro delitti – Io lascio questa Provincia – i Municipi, ed i Consigli civici nuovamente nominati, le guardie nazionali riorganizzate mi rispondano della pubblica tranquillità! Però i capi stiano al loro posto, abbiano energia e coraggio, abbino fiducia nel Governo e nella forza, di cui esso dispone. Chi non sente di star bene al suo posto si dimetta, non mancano cittadini capaci e vigorosi che possano rimpiazzarli. Le autorità dicano ai loro amministrati che il governo si occupa di apposite leggi e di opportuni legali giudizi pel reintegro dei demanî – Ma dicano altresì a chi tenta altre vie e crede farsi giustizia da sé, guai agli istigatori e sovvertitori dell'ordine pubblico sotto qualunque pretesto. Se non io, altri in mia vece rinnoverà le fucilazioni di Bronte se la legge lo vuole. Il comandante militare della Provincia percorre i Comuni di questo distretto. Randazzo 12 agosto 1860. Firmato il maggiore Nino Bixio"

Quel Nino Bixio volle stemperare gli animi?!

Quel Nino che a sud Italia fece fucilare le persone a centinaia? Quel Nino Bixio che li faceva poi seppellire in fosse comuni lasciando nella disperazione i parenti rimasti miracolosamente in vita?!

Quell'atroce assassino?! In che razza di mondo siamo? Nel milleottocento e passa non siamo ancora in grado di capire?

Disse precisamente: io sorgo in nome della concordia e dell'Italia.

Bixio fu un assassino come noi. Oggi è morto ma ancora non è stata fatta giustizia.

A quel punto, dopo l'intervento di Bixio, ci fu un lungo, disperato applauso, ma l'Italia precisamente in quell'istante fu di nuovo divisa e per sempre tra aguzzini e vittime.

Il popolo tuttavia non conobbe mai la verità e, di conseguenza, mai fu in grado di giudicare.

Voi, Lorenzini, avete capito certamente, ma mi devo permettere senza insolenza di ripetere un concetto importante in modo che lo possiate trasmettere ai posteri: in un primo momento capii di non poter realizzare il mio progetto e poco dopo ci fu un mio pentimento per non essere stato davvero un patriota.

La cosa che ancora non so è se ci fu davvero pentimento o ci fu solo perché non poteva essere altrimenti.

Insomma, se mi avessero permesso di mettere i miei uomini in parlamento sarebbe stato diverso?

Beh forse sì... io giammai sarei arrivato dove arrivarono loro, ad uccidere un milione di persone e più.

Vi domanderete come faccio a conoscere il numero?! Come posso affermarlo?! Spero fra poco di riuscire a spiegarmi.

Ormai fui fuori dalla questione, in sintesi il Conte si era davvero preso gioco di me.

Ritornai a Caprera: l'isola che parzialmente avevo acquistato grazie ai soldi di mio fratello e in parte ai miei vari lavori sporchi.

Nella primavera del sessantuno il colonnello Vecchi scrisse al giornalista americano Tuckerman ipotizzando una mia partecipazione alla guerra civile americana.

Vi chiederete cosa c'entra la questione americana. Mi spiego.

Il 2 maggio era apparsa una mia lettera sull'argomento della guerra civile sul New York Daily Tribune.

Il console statunitense ad Anversa, tal Quiggle, mi offrì allora un posto di comando nell'esercito nordista.

L'ambasciatore statunitense Sanford volle accertarsi delle mie vere intenzioni.

E fu qui che tentai di riscattarmi moralmente. Dettai condizioni che mi avrebbero permesso di aiutare le persone.

Le mie richieste riguardavano un impegno deciso per l'emancipazione degli schiavi e l'essere nominato comandante in capo di tutto l'esercito: in pratica chiedevo autonomia per gestire la situazione, senza farmi influenzare dagli interessi.

Ma ci credete che quando pensai agli altri tutto si arenò?

Capite che se non avessi imposto condizioni sarei diventato un patriota venerato anche negli Stati Uniti? Se avessi accettato un forte compenso sarei stato a capo dell'esercito. Ma ormai ne avevo fatte troppe, neppure io mi potevo più perdonare.

Prima non pensai al bene degli altri e quando ci pensai qualcuno mi impedì di farlo. Davvero incredibile.

Dunque, il Conte di Cavour morì il sei giugno dell'anno dopo, nel sessantuno. Fu nominato primo ministro e morì. Anche Bixio è morto e così Mazzini.

Anche Ricasoli, che in parte ha goduto di una situazione favorevole, è perito tre anni or sono.

Tra poco Dio chiamerà anche Joseph Marie Garibaldì.

Grazie al mio successo passato, nel sessantadue organizzai una nuova spedizione, questa volta per liberare la città eterna, senza considerare che Napoleone terzo, l'unico alleato del neonato Regno d'Italia, la proteggeva.

Pensai: L'Italia è fatta liberiamola davvero! Non avevo però gli appoggi di prima.

Alla fine di giugno del sessantadue m'imbarcai sul Tortoli a Caprera per la Sicilia.

Durante un incontro commemorativo della spedizione dei mille mi convinsi a marciare verso Roma e trovai tremila uomini nei pressi di Palermo, pronti a seguirmi. Ma capii subito che non sarebbe stato come ai "bei tempi".

Diciamo che in realtà fu solo perché ero famoso e molti desideravano stare al mio fianco per poterlo poi raccontare.

Altri avevano saputo che nella prima spedizione i più si erano arricchiti e volevano fare lo stesso.

Questa volta partii senza gli appoggi della precedente spedizione e tutto fu diverso.

Presi due navi, il Dispaccio e il Generale Abbatucci, e partii di sera, costeggiando gli scogli, per eludere le navi di Albini.

Alla fine di agosto del sessantadue, alle 4 del mattino, sbarcai in Calabria, fra Melito e capo dell'Armi.

Con duemila uomini continuai la marcia, non seguendo la costa per via del fuoco di una nave; andai verso il massiccio dell'Aspromonte... gli alleati di prima furono in questo caso nemici.

I piemontesi stavano mettendo a ferro e fuoco ogni singolo angolo del sud, stavano rubando il rubabile, continuavano a distruggere con una ferocia inaudita.

La sera del ventotto agosto si contarono circa millecinquecento uomini; il giorno successivo ci scontrammo con le truppe di Pallavicini a cui il governo di Torino aveva affidato tremila e passa uomini.

I bersaglieri aprirono il fuoco, ma io ordinai di non rispondere: tuttavia alcuni dei miei mi disubbidirono ed io, alzandomi, fui ferito due volte.

I bersaglieri nel sud Italia ne fecero di tutti i colori: l'ho detto e lo ripeto.

Quando fui a terra il combattimento cessò.

Fu facile per i piemontesi fermarci: erano già presenti a saccheggiare e avevano arruolato gente di tutti gli stati europei.

La paga, pur non essendoci, fu di fatto altissima: "Prendete tutto quello che riuscite a prendere".

Fu una disfatta ridicola ed umiliante.

Nella cosiddetta giornata dell'Aspromonte fui arrestato e presto imbarcato sulla fregata Duca di Genova, con destinazione la Scilla e poi, il 2 settembre, giunsi a La Spezia.

Fui rinchiuso ancora ferito nel carcere del Varignano.

Fui operato e beneficiai di amnistia. Tornai prima a Caprera e in seguito partii per L'Inghilterra.

Fui ancora arrestato a Sinalunga mentre preparavo una rivolta, e portato nella fortezza di Alessandria.

I soldati che dovevano sorvegliarmi mi ascoltavano dalla finestra della prigione.

Raccontavo quello che sto ora descrivendo: un milione di morti. Mi chiedevano i soldati di guardia alla prigione: ma com'è possibile che i morti siano stati così tanti o che saranno così tanti, visto che i piemontesi si stanno muovendo ancora al sud Italia?!

Il mio ragionamento fu semplice. Al sud vivevano pacificamente e beatamente circa otto o nove milioni di persone, a volte mal censite in quanto spesso i figlioli nei piccoli borghi non venivano neppure dichiarati: un nome dato in casa e una benedizione dal più vecchio della famiglia e buonanotte.

Per quanto noto potevano essere pure dieci milioni.

I piemontesi, se avessero ucciso uno su nove o dieci, avrebbero ucciso un milione di persone.

Oggi so cose che non conoscevo quando ero nella prigione di Alessandria ma il ragionamento era già giusto.

Sì, perché oggi so che alcuni paesi sono stati "depurati" da tutti gli abitanti, paesi che in montagna, solo come esempio, si videro entrare i bersaglieri e dichiararono fedeltà al Re, al Re dei Borbone, in quanto credevano, anche anni dopo, che ancora comandasse lui.

E cosa accadde? Accadde che tutti questi paesi furono fatti diventare paesi disabitati: furono uccisi tutti gli abitanti.

Cento abitanti?! Cento morti! Cinquecento abitanti?! Cinquecento morti!

Anche paesi con duemila abitanti.

Naturalmente il tutto condito da furti, umiliazioni, violenze.

Ora ditemi perché un soldato italiano per amor di patria avrebbe dovuto violentare una vergine pastorella per poi ucciderla.

C'era bisogno di tanta ferocia?

Sì, caro Lorenzini, la ferocia è dentro agli uomini ma non in ugual misura e, come il fuoco, se alimentata può diventare un incendio.

Ragazze vennero addirittura uccise nelle chiese dopo essere state abusate, bambini straziati in tenera età, ma a cosa può arrivare l'uomo?

È questa l'Italia dove voi volete pubblicare il libro del vostro simpatico burattino?!

Venni dunque portato prima a Genova e poi a Caprera, isola in quarantena per colera, dove ero prigioniero, sorvegliato a vista.

Non so se mentre leggerete troverete noia a queste mie inutili gesta tuttavia per avere un quadro complessivo sarà necessario che la vostra pazienza vi permetta di leggere anche quello che seguirà per giungere alle importanti conclusioni.

Sì il mio scopo oggi è quello di lasciare la verità incisa su pietra ma anche di proporre una soluzione per il sud Italia che merita giustizia.

Oggi non c'è giustizia e sono passati anni, oggi non c'è quindi Italia: se le cose non fossero rimesse in ordine oggi, domani sarebbe peggio e neppure domani vi sarebbe Italia.

Non è fondamentale sapere che in questo contesto organizzai una fuga utilizzando Giggi Gusmaroli come mio sosia, ma è utile sapere tutti i piccoli episodi per dare sulla mia persona un giudizio obbiettivo.

Onorevole Carlo Lorenzini sono già certo che il giudizio nei miei confronti sia cambiato da quando aveste l'ardire di leggere i primi tratti di questa mia confessione o da quando c'incontrammo al quel ricevimento... magari all'epoca davvero credevate di avere davanti una brava persona, un eroe, un patriota.

Scappai quindi stendendomi su un vecchio beccaccino comprato anni prima e nascosto per un'occasione importante. Arrivai all'isolotto di Giardinelli e, dopo aver guadato, giunsi a La Maddalena, dove alloggiai da una signora compiacente.

Ancora una volta ebbi vicino una donna che allietò, seppur in minima parte, le mie angosce. Mentre altre persone morivano io mi trovavo tra le cosce vellutate di una signora: quindi non che mi arrovellassi nel mio pentimento.

Ho avuto davvero tante donne, alcune le ho amate per poche ore, altre per pochi giorni, altre per anni e alcune davvero intensamente.

Quello che è giusto che si sappia è che non è vero che amai solo una donna e che questa condizionò la mia vita; al limite fu il contrario, le donne che mi furono vicine in un modo o nell'altro ebbero guai.

E poi diciamocela tutta. Ero distrutto dal rimorso delle mie malefatte ma il tempo per sollazzarmi comunque lo trovavo.

Nel pentimento quindi non entrai mai definitivamente, almeno forse fino ad oggi.

Giunsi così in Sardegna e in seguito a Firenze. Partito da Terni, raggiunsi Passo Corese dove ebbi a disposizione ottomila volontari in quella che venne riconosciuta come "Campagna dell'Agro Romano per la liberazione di Roma".

Ma a dire il vero non ero più motivato: ero stanco, deluso e sapevo che non avrei ottenuto un granché ma qualcosa avrei voluto fare.

Dopo un primo attacco a Monterotondo, prendemmo la piazzaforte pontificia, bruciando la porta con un carro infuocato e penetrandovi con i miei uomini.

Giunsi alla fine di ottobre a Castel Giubileo e dopo a Casal de Pazzi, all'alba dell'ultimo giorno d'ottobre ero in vista di Roma, ma non ci fu la rivolta che credevo di ottenere a mio favore e così ritirai le truppe.

Non seppi mai del proclama del re che aveva sedato gli animi rivoltosi.

Il colore del mio personaggio appariva già sbiadito.

Decisi di recarmi a Tivoli: la partenza era prevista il 3 novembre alle 3 di notte ma venne posticipata; eravamo circa in cinquemila e giunti a Mentana incontrammo gli uomini pontifici guidati da Kanzler, ma riuscimmo a farli retrocedere; sopraggiunsero quindi almeno tremila francesi guidati da De Failly, dotati anche del fucile Chassepot a retrocarica in quella che verrà chiamata la battaglia di Mentana.

Decisi il ritiro delle truppe, non c'era competizione, loro erano decisamente più organizzati e meglio equipaggiati.

Andai con un treno da Orte alla volta di Livorno, ma nei pressi di Figline Valdarno venni nuovamente arrestato e rinchiuso a Varignano, un soggiorno tutto sommato apprezzabile, e il 5 novembre in seguito ad un'ennesima liberazione feci ritorno a Caprera.

A questo punto anche voi Lorenzini, come me per stanchezza oppure per orgoglio, vi sareste dimesso da deputato. Mi pare fosse il sessantotto.

Penserete anche che i piemontesi invece di farmi arrestare mi avrebbero potuto facilmente uccidere, ma sarei diventato un martire e questo avrebbe creato la possibilità di una rivolta: così di tanto in tanto mi facevano arrestare per intaccare la mia popolarità, cosa che alla fine avvenne.

Loro intanto continuavano a derubare, a uccidere, a colonizzare il sud e cominciarono a tassarlo sempre più pesantemente.

L'Italia costava: la gestione, il governo, gli interessi che pretendeva l'Inghilterra.

Non era certo giusto che pagasse il Piemonte! No povero Piemonte… e così doveva essere tassato, pesantemente tassato il sud Italia.

Durante la guerra franco prussiana del settanta, decisi di offrire i miei servigi alla neonata terza repubblica francese.

In Italia non c'era più posto per me e questo dimostra, ancora una volta, che la mia patria fu il mondo oppure nessuna.

Philippe Bordone, con il battello Ville de Paris, raggiunse la Corsica e, per ingannare la sorveglianza della marina italiana, continuò il viaggio su una piccola barca.

Mi prese a bordo e sbarcai a Marsiglia la prima settimana d'ottobre del settanta, recandomi poi nella capitale provvisoria francese, Tours.

I primi ordini di Leon Gambetta furono quelli di occuparmi di qualche centinaio di volontari. Mi sembrò davvero poco e al mio rifiuto ottenni il comando delle truppe della cosiddetta «Armata del Vosgi», inizialmente circa cinquemila uomini.

Decisi di stabilirci a Dole e poi, da metà novembre, a Autun…

Nello stesso mese predisposi una spedizione vittoriosa.

Digione era caduta in mani tedesche, comandate da Werder, e poi era stata abbandonata per l'avanzata delle truppe francesi.

Decisi la pena di morte per il colonnello Chenet perché aveva abbandonato la sua postazione durante il combattimento; fu poi graziato dagli stessi francesi e la condanna non venne eseguita.

Così, mentre in Italia si svuotava il sud di ogni risorsa anche morale, alla fine di gennaio venne stipulato un armistizio di alcune settimane, che non tenne conto della zona del sud–est e quindi dei soldati dell'Armata del Vosgi. Precisamente il 31 gennaio le truppe a me affidate vennero attaccate ed io diressi i miei uomini in una zona compresa nell'armistizio.

Alla fine, tutto sommato, la mia armata fu quella con minori perdite della guerra.

Nel 1871, dopo la proclamazione della terza repubblica francese, nelle elezioni politiche tenutesi l'8 febbraio fui eletto all'Assemblea Nazionale di Bordeaux. Fui eletto anche in Francia!

Come fecero ad eleggere un "patriota italiano" in Francia?! Semplice perché non fui mai un patriota italiano. Mai!

Eccomi nuovamente francese, ma presto mi dimisi.

Vorrei anche dire che circolarono parecchi libri o semplici scritti che mi furono attribuiti, tuttavia non ne riconosco la paternità.

Si disse Clelia, ambientato nel 1849 a Mentana, e Cantoni il volontario.

Si narrò di un libro proprio sulla spedizione dei Mille, la storia di una donna, Marzia, che, travestita da uomo, si univa ai volontari.

Forse fu la storia di quel mio aiutante che durante la spedizione mi aiutava a curare il mio abbigliamento, ma non la scrissi io.

Anche inni militari... ma davvero si può credere che io possa aver scritto tutto ciò?

Sposai la piemontese Francesca Armosino, mia compagna da quattordici anni, dalla quale ebbi tre figli.

Francesca certamente è colei che davvero mi amò: stette con me non quando fui famoso, non quando fui ammirato, non quando fui giovane. Mi volle bene in un periodo della vita in cui l'uomo in generale non ha da offrire neppure i sogni, consapevole di non poter più realizzarli.

Sì, ora raccontandolo penso che fu lei quella che potrei definire la donna della mia vita, anche se con rimpianto ricordo le altre che mi fecero compagnia.

Ed eccomi ancora a Caprera, nella mia Caprera, come fu mia Nissa, in preda a una bronchite che non so se mi darà scampo.

Sono assistito dal medico di una nave da guerra ancorata nella vicina isola della Maddalena.

Sono anticlericale convinto, ma non ateo, credo in Dio ma non nella Chiesa.

Non chiedo a Dio pietà, il dono più grande che mi potrebbe fare è giustizia, per gli altri intendo.

Posso anche morire, ma prima desidero aggiungere le mie proposte affinché il sud sia messo in condizione di competere con il nord e non diventi terra desolata per colpa di quei cattivi piemontesi.

Napoli sarebbe stata davvero la capitale d'Europa, sarebbe stata la città più ricca del mondo e avrebbe governato su un popolo immenso ed in pace, con un'organizzazione di stati federali.

La dinastia che avrebbe potuto governare Napoli sarebbe stata per eccellenza quella dei Borbone.

La prima soluzione, oramai non più attuabile, sarebbe stata quella di aiutare i Borbone a crescere e non a scomparire.

Questa ovviamente non è una proposta per il futuro ma vediamo ugualmente cosa sarebbe potuto accadere.

I Borbone furono una delle più importanti ed antiche case di regnanti in Europa.

Questa dinastia abbracciò molti ed importanti stati Europei e avrebbe potuto conquistare un'egemonia mirata al benessere di tutti.

Di origine francese, fu un ramo dell'antichissima dinastia dei Capetingi che, in seguito all'estinzione degli altri rami, ereditò il trono di Francia.

Insieme agli Asburgo fu una delle maggiori famiglie reali europee e vari esponenti occuparono, oltre a quello di Francia, anche il trono della Spagna, del Regno delle due Sicilie e dei Granducati di Toscana, oltre a quello di Parma!

La famiglia pertanto governò l'Europa separatamente e meglio l'avrebbe potuta governare se riunita in stati federali.

Tra tutti gli esponenti della famiglia dei Borbone emersero alcuni dei sovrani che maggiormente influenzarono la storia, come Luigi XIV di Francia, noto come il Re Sole.

Poi vi fu Filippo V di Spagna e il disarcionato Ferdinando II delle Due Sicilie.

Se ci fosse stato un unico governo, con un unico punto riferimento non ci sarebbero stati nemici questo è poco ma sicuro.

Tuttavia, Lorenzini, vi chiederete: un uomo che ha lottato per la democrazia, seppur spinto ed alimentato dal sogno di ricchezza, come può proporre nuovamente un sovrano, un dittatore?!

Prima di tutto appunto perché ho lottato per me e non per la democrazia; poi perché dagli errori si dovrebbe imparare qualcosa.

Per la pochezza che la natura umana ha dimostrato, siamo davvero sicuri che avere mille, e così torno con ironia alla famosa spedizione, delegati al governo invece di uno solo sia migliorativo?

Vi immaginate, quando né voi né io saremo su questa terra, se l'Italia avesse mille persone al governo, o forse cinquemila, visto che ci saranno più abitanti, cosa davvero potrebbe succedere?!

Un unico governante pretenderebbe uno stile di vita degno del suo blasone e per questo vorrebbe i cibi più raffinati, le fanciulle più giovani e belle, gli stalloni più veloci per correre, i passatempi più divertenti.

Se al governo ci fossero mille persone cosa farebbero?

Vorrebbero pane secco? Vorrebbero vecchie racchie e sgraziate? Vorrebbero un malandato asino su cui viaggiare? Vorrebbero annoiarsi?

No, magnifico Lorenzini, vorrebbero tutto quello descritto nei desideri di ogni sovrano, non solo per sé, anche per i propri amici e per gli amici degli amici.

Allora è meglio averne uno che dimostra avidità, cupidigia, egoismo oppure tanti, troppi?

E poi, mille al governo quando mai si metteranno d'accordo? Non litigheranno tutti i giorni per avere sempre di più?!

Sì oggi sono io che scrivo esternazioni a discapito di tutti: mi erigo a giudice, pur con tante colpe nel fardello.

Io sono giudice perché ho sbagliato, so che si sbaglia e perché... altri direbbero: se io fossi stato lì sarei stato migliore... ma in realtà non hanno mai provato e forse mai proveranno.

Tenete valida la mia esperienza e prendete per assodato il fatto che chi si troverà a governare oggi, e così domani, desidera e desidererà per primo fare il proprio bene, almeno nella maggior parte dei casi.

Non troverete uno al governo che dimostrerà altruismo, se non come un quadrifoglio in un campo di carote.

Detto questo torno sul governo di un ipotetico Regno di Napoli, per vivere in pace governati da un Re equo e giusto... buono con i buoni e severo con i cattivi.

Troppo bello? Troppo semplice?! Forse, ma per questo meraviglioso.

Napoli sarebbe oggi una città ricca, dove sovrani, ancora prima del Re, governerebbero l'ordine e la giustizia.

Noi abbiamo fatto peggio che distruggere un regno: gli abbiamo tolto la possibilità di essere qualcosa di più.

Quando si uccide un uomo non gli si toglie "solo" tutto quello che, ma anche ciò che sarebbe potuto essere: il presente definitivamente e inesorabilmente si cancella il futuro.

Un futuro che sarebbe potuto essere migliore. Abbiamo tagliato un albero da frutto nel momento in cui sarebbe fiorito. Che notizie mi giungono da Napoli? Mi giungono notizie da Napoli che addirittura ci sono persone che a fatica possono mangiare.

In conclusione, riassumo velocemente quanto accaduto e propongo alcune soluzioni che potrebbero, seppur non dare giustizia ai morti, riequilibrare la situazione del sud verso il nord Italia.

Ho scritto che il Piemonte ha conquistato, con la rappresentazione della spedizione dei mille, il sud Italia, allora Regno delle due Sicilie.

Ha messo a ferro e fuoco ogni angolo cancellando paesi interi, uccidendo persone per anni e anni dopo la spedizione ed oggi nel mille ottocento ottanta due, ad oltre venti anni dalla spedizione, non solo continua a farlo uccidendo nel nome della pulizia contro il brigantaggio, ma tassa i più poveri, come sempre nella storia di questa schifosa umanità.

Io sono vecchio e pentito, il Conte è morto, l'Inghilterra lontana.

A questo punto delle soluzioni ci sarebbero.

No, lo scrivo subito, il sud non deve insorgere: morirebbero degli innocenti al Nord, dove furono gli assassini, ma ci furono e ci sono persone miti, magari umili, ma buone, che non parteciparono all'eccidio e non ne beneficiarono, persone che continuano a morire di fame.

La soluzione dovrebbe distribuire la ricchezza globale dell'Italia in modo uniforme, fare arrivare la ferrovia dappertutto, tassare tutti in modo equo, chi più guadagna più deve pagare.

Portare scuole dappertutto: scuole di pensiero ma anche di mestieri; scuole per fabbri, falegnami, pescatori, ma anche per diventare come voi insegnanti, scrittori, filosofi, e intendo dappertutto.

Dopo la scuola bisognerebbe arrivare al lavoro.

Sapete che le migliori ed efficaci industrie del Sud sono state chiuse o ridimensionate?! Addirittura alcune trasferite al nord! È incredibile ma vero.

Il grosso problema rimane, però ancora, il governo.

Ci vorrebbe, sogno tra i sogni, un governo equo.

Il governo dovrebbe essere eletto dal popolo. Come, caro Lorenzini?

Coi voti, per democrazia! Quale banale ovvietà.

Siamo sicuri che così possa esistere la democrazia che ogni singolo uomo, la sua famiglia e la sua piccola cittadina, siano rappresentati nel nome della democrazia?

Facciamo un esempio: un ricco signore, diventato ricco con i furti fatti al sud, decide di stampare un giornale tutto suo a Torino e nelle pagine del giornale fa scrivere quello che vuole lui, anche su se stesso, "Quanto è bello il nostro datore di lavoro, quanto è buono".

Poi questo signore si presenta in piazza a Torino e tutti lo riconoscono, lo salutano, desiderano stringere la sua mano e lui contraccambia, offrendo sigari per catturare simpatia.

Al sud, diciamo per esempio in Puglia, c'è un contadino con pochi soldi che a fatica sfama la propria famiglia e se stesso.

Democraticamente avranno le stesse possibilità di presentarsi alle elezioni per entrare in parlamento? E se mai si dovessero presentare chi voterà il povero contadino? La sua famiglia di cinque persone? I suoi due fratelli?! Magari anche tre cugini?! Perbacco, dieci voti!

Il ricco signore, che a Torino verrà riconosciuto da cinquemila persone, avrà forse qualche possibilità in più del contadino?! Mi sa che la democrazia, se questa la volete chiamare così, non sarà mai equa.

Allora dove faranno la strada nuova?! Vicino a casa del ricco torinese o del povero contadino pugliese?!

Non credo che così potrebbe funzionare, ma è così che stanno facendo e dicono che siamo in democrazia ed eguaglianza nella vostra Italia.

Secondo me ogni famiglia dovrebbe avere un rappresentante ed ogni cento rappresentanti decideranno di eleggerne uno loro e così a piramide.

Alla fine, a forza di rappresentanti di ogni gruppo di rappresentanti, sulla punta della piramide ve ne avrebbero cento che deriverebbero dalle radici da cui sono nati.

Sarebbe rappresentato il signore di Torino e il contadino pugliese e le scuole sarebbero costruite una a Torino e una vicino alla casa del contadino pugliese. Oggi viene costruita solo a Torino e magari ne vengono costruite due, una a Torino centro e una vicino alla casa del ricco signore.

Ma a chi interessa questo tipo di democrazia? Chi è ricco e colto sa come stanno le cose e non le vuole cambiare, chi è povero e ignorante magari pensa che le cose siano giuste così, "Forse ho fame perché me lo merito, perché non faccio abbastanza."

La seconda soluzione, che mai verrà attuata, è che il Nord riconosca di aver rubato al sud e che l'Italia si divida in due stati.

Il nord Italia dovrebbe restituire tutto e ripagare i danni.

Secondo voi, mio nobile amico, verrà mai fatto?

Il nord mai farà una cosa simile, dovrebbe pagare davvero troppo per rifondere i danni: non sarà in grado di pagare neanche in centinaia di anni.

E poi dovrebbe ammettere di aver ucciso un milione di persone per niente.

Se l'Italia c'è, teniamocela ma che sia un'Italia giusta.

Allora non esistono soluzioni il nord, continuando a tassare di più' il sud, porterà nuova povertà e, a forza di ucciders persone dicendo che sono briganti, farà si che alcuni, per ribellione, diventino briganti davvero.

Lorenzini, ma voi, se foste stato derubato e bastonato, se vostra figlia fosse stata uccisa, dopo essere stata violentata, non diventereste un brigante o un bandito, che dir si voglia?! Se i soldi di vostro padre stessero ora sfamando altre bocche di gente disonesta, non vorreste tutto indietro?!

Le cose continueranno così: il Nord sarà sempre più ricco e peccherà di presunzione, credendo di essere migliore, mentre il sud, sempre più povero, crederà di essersi meritato, anche se non sa perché, tutto questo.

Un'ultima cosa davvero, ormai ho detto anche troppo.

Lo sa che il Conte Camillo Benso di Cavour si esprimeva in francese in ogni circostanza e anche per dire "noi italiani" lo diceva in francese?!

Sapete che oggi dopo tanti anni ancora nessuno parla italiano?! La maggior parte in francese o in dialetto! Questa la dice lunga.

L'unica piccola minuscola consolazione la gente del sud la potrebbe trovare nel fatto che il nome Italia deriva proprio da loro, non dal Piemonte tiranno.

Il nome Italia deriva da un certo Italo, che fu il Re di un regno grande circa come la penisola calabra.

Concludo e affido il mio testo a voi e la mia anima a Dio.

Joseph Marie Garibaldì

Indice